Deseo

Dulces secretos

MAUREEN CHILD

Harlequin

Editado por HARLEQUIN IBÉRICA, S.A.
Núñez de Balboa, 56
28001 Madrid

I.S.B.N.: 978-84-9010-252-7
Depósito legal: B-39031-2011
Editor responsable: Luis Pugni
Fotomecánica: M.T. Color & Diseño, S.L. Las Rozas (Madrid)
Impresión en Black print CPI (Barcelona)
Fecha impresion para Argentina: 2.7.12
Distribuidor exclusivo para España: LOGISTA
Distribuidor para México: CODIPLYRSA
Distribuidores para Argentina: interior, BERTRAN, S.A.C. Vélez
Sársfield, 1950. Cap. Fed./ Buenos Aires y Gran Buenos Aires,
VACCARO SÁNCHEZ y Cía, S.A.
Distribuidor para Chile: DISTRIBUIDORA ALFA, S.A.

Capítulo Uno

A Rafe King le gustaba una apuesta amistosa como al que más.

Lo que no le gustaba era perder.

Pero cuando perdía, pagaba. Y por eso se encontraba frente a aquel *bungalow*, tomando un café mientras esperaba al resto del equipo. Hacía años que no se involucraba personalmente en ninguna obra. Como socio de King Construction, se dedicaba a los detalles logísticos y a proporcionar los materiales. Estaba al corriente del millón de obras que su empresa llevaba a cabo y siempre confiaba en que los contratistas hicieran bien el trabajo.

Pero ahora, por una apuesta, tendría que pasarse las próximas semanas haciendo el trabajo en persona.

Una camioneta plateada con un pequeño tráiler se detuvo detrás de él y Rafe le echó una mirada de soslayo al conductor: Joe Hanna, contratista y amigo suyo. Y el hombre que lo había incitado a aceptar la apuesta.

Joe se bajó de la camioneta y apenas pudo ocultar una sonrisa.

—No te reconozco sin el traje y la corbata.

—Muy gracioso —contestó Rafe. La verdad era que se sentía más cómodo con los vaqueros desteñidos, las botas de trabajo negras y una camiseta negra con el logo de King Construction estampado en la espalda–. Llegas tarde.

–De eso nada. Tú has llegado temprano –Joe le dio un sorbo a su propio café y le ofreció una caja de rosquillas a Rafe–. ¿Quieres una?

–Claro –Rafe agarró una y se la zampó en tres bocados–. ¿Dónde están los demás?

–No empezamos a trabajar hasta las ocho en punto. Aún queda media hora.

–Si estuvieran ya aquí, podrían prepararlo todo para empezar a trabajar a las ocho en punto –desvió la mirada hacia el *bungalow* que sería el centro de su vida durante las próximas semanas. Estaba emplazado en una calle arbolada de Long Beach, California, tras una amplia extensión de césped pulcramente cuidado.

Debía de tener al menos cincuenta años.

–¿En qué consiste el trabajo?

–Hay que reformar una cocina –respondió Joe, apoyándose en la camioneta de Rafe para examinar el *bungalow*–. Suelo nuevo, encimera nueva, cañerías y desagües nuevos, enlucido y pintura.

–¿Armarios? –preguntó Rafe.

–No. Los actuales son de pino canadiense y no hace falta cambiarlos. Sólo tenemos que lijarlos y barnizarlos.

Rafe asintió y se giró hacia Joe.

–¿Los chicos saben quién soy?

–No tienen ni idea –lo tranquilizó Joe con una sonrisa–. Tu identidad se mantendrá en secreto, tal y como acordamos. Mientras dure el trabajo te llamarás Rafe Cole. Recién contratado.

Mejor así. Si los hombres supieran que él era su jefe, se pondrían muy nerviosos y no harían bien el trabajo. Además, era una buena oportunidad para averiguar qué pensaban sus trabajadores de la empresa. Aun así, sacudió la cabeza con pesar.

–Recuérdame otra vez por qué no te despido...

–Porque perdiste la apuesta y tú siempre cumples con tu palabra. Ya te advertí que el coche de Sherry ganaría la carrera.

–Es verdad –admitió Rafe, y sonrió al recordarlo. Los hijos de los empleados de King Construction fabricaban coches con los que luego hacían carreras en una pista preparada para la ocasión. Rafe había apostado contra el coche rosa de Sherry, la hija de Joe, y Sherry le dio una lección al dejar a todos clavados en la salida. Nunca más volvería a apostar en contra de una mujer...

Rafe siempre dejaba la publicidad y las relaciones públicas de la empresa en manos de sus hermanos Sean y Lucas. Entre los tres habían convertido a King Construction en la constructora más importante de la Costa Oeste. Sean se ocupaba de la parte corporativa; Lucas era el responsable del personal y de la cartera de clientes, y Rafe era como el burro de carga que se encargaba de proporcionar todo el material necesario en una obra.

Un camión se acercó traqueteando por la calle y se detuvo frente a la casa, seguido por una pequeña camioneta. De cada vehículo se bajó un hombre.

–Steve, Arturo… –os presento a Rafe Cole –dijo Joe–. Va a trabajar con vosotros.

Steve era alto, de unos cincuenta años, con una amplia sonrisa y una camiseta de un grupo de rock local. Arturo era mayor, más bajo y con una camiseta manchada de pintura.

Al menos estaba claro quién era el pintor.

–¿Estamos listos? –preguntó Steve.

–Vamos allá –dijo Joe. Hay una puerta para vehículos. ¿Qué os parece si llevamos al tráiler al jardín trasero? Así lo tendremos más a mano y será más difícil que lo roben.

–Buena idea.

Joe cruzó la verja con su camioneta y el tráiler y en cuestión de minutos se habían puesto manos a la obra. Hacía años que Rafe no estaba en una obra, pero no había olvidado nada. Su padre, Ben King, tal vez no hubiera sido el mejor padre del mundo, pero se había preocupado de que sus hijos se pasaran todos los veranos trabajando en las obras. Era su forma de recordarles que no por ser un King se tenía todo ganado.

A ninguno de los chicos le había hecho gracia pasarse las vacaciones trabajando, pero con el tiempo, Rafe llegó a la conclusión de que era lo único bueno que su padre había hecho por ellos.

–La clienta lo ha despejado todo para que Steve y Arturo puedan comenzar enseguida. Rafe, tú te encargarás de instalar una cocina provisional en el patio –dijo Joe.

–¿Una cocina temporal? –repitió Rafe–. ¿Es que

la dueña no puede comer fuera de casa mientras reforman su cocina, como hace todo el mundo?

–Podría –respondió una voz de mujer desde la casa–. Pero la dueña necesita cocinar mientras arregláis su cocina.

Rafe se giró hacia la voz y por un instante se quedó pasmado ante la mujer que tenía enfrente.

Era alta, como a él le gustaban las mujeres… no había nada más incómodo que tener que agacharse para besarlas. Tenía una melena rizada y rojiza que le llegaba por los hombros y unos ojos verdes brillantes. Y una sonrisa extremadamente sensual.

A Rafe no le gustó nada encontrarse con una mujer tan apetitosa. No necesitaba una mujer en esos momentos de su vida.

–Buenos días, señorita Charles –la saludó Joe–. Aquí tiene a su equipo. A Arturo y a Steve los conoció el otro día. Y éste es Rafe.

–Encantada de conocerlo –dijo ella. Le clavó a Rafe la mirada y, por un instante, pareció que el aire chisporroteaba de calor–. Pero llamadme Katie, por favor. Vamos a pasar mucho tiempo juntos.

–¿Y por qué necesitas esa cocina provisional?

–Hago galletas –le explicó ella–. Es mi trabajo y tengo que atender los pedidos mientras reformáis la cocina. Joe me aseguró que no habría ningún problema.

–Claro que no –corroboró Joe–. No podrás hacerlas durante el día, ya que tenemos que cortar el gas para instalar las tuberías, pero te lo dejaremos todo listo para la noche. Rafe se encargará de ello.

–Genial. Os dejo que sigáis con lo vuestro.

Volvió a entrar en casa y Rafe aprovechó para admirar su trasero. Era tan apetitoso como el resto de ella. Tomó una larga bocanada de aire, confiando en que la fresca brisa matinal lo ayudara a aliviar la excitación. No fue así, y la perspectiva de afrontar una larga jornada en aquel estado era preocupante.

Se obligó a ignorar a aquella mujer. Sólo estaba allí para saldar la apuesta, nada más.

–Muy bien –dijo Joe–, vosotros llevad la cocina de Katie a donde ella quiera y Rafe se encargará de ponerla a punto.

Nada le gustaría más que poner a punto a la dueña de la cocina, pensó Rafe.

El ruido era insoportable.

Al cabo de una hora de martilleos continuos a Katie iba a estallarle la cabeza.

Era extraño tener a gente desconocida en casa de su abuela, y más aún pagarles para que demolieran la cocina donde Katie había pasado gran parte de su infancia. Sabía que era necesario, pero no estaba tan segura de poder aguantar hasta el final de las obras.

Desesperada, salió al patio para poner la mayor distancia posible entre ella y el ruido. Había un espacio largo y estrecho entre el garaje y la casa, y allí había unas sillas y una mesa donde las bandejas del horno esperaban a llenarse de galletas. Los cuencos para mezclar estaban en una encimera cercana y una mesa plegable era su despensa provisional. Iba a ser todo un desafío. Sin contar con el hombre guapo y macizo que gruñía detrás de la cocina.

—¿Cómo va? —le preguntó ella.

El hombre dio un respingo, se golpeó la cabeza con la esquina de la cocina y masculló una maldición que Katie se alegró de no oír.

—Todo lo bien que puede ir conectando una cocina antigua a una tubería de gas —dijo él, echándole una torva mirada con sus bonitos ojos azules.

—Es vieja, pero fiable. Aunque ya he encargado una nueva.

—No me extraña… —respondió él, volviendo a agacharse detrás de la cocina—. Esto debe de tener treinta años, por lo menos.

—Por lo menos —Katie se sentó—. Mi abuela la compró antes de que yo naciera, y tengo veintisiete años.

Él la miró y sacudió la cabeza.

A Katie se le formó un nudo en el pecho. Aquel hombre era tan guapo que debería estar en la portada de una revista, no en las obras de una cocina. Pero parecía muy competente en su trabajo, y sólo de verlo a Katie se le aceleraba el corazón.

—Que sea vieja no significa que sea inútil —dijo con una sonrisa—.

—Y aun así has encargado una nueva —repuso él con una media sonrisa.

—Renovarse o morir, aunque echaré de menos esta vieja cocina… Hacía la cocción más interesante.

—Claro… —por la expresión de Rafe no parecía que le importase mucho lo que le estaba contando—. ¿De verdad vas a ponerte a hacer galletas aquí fuera?

El estrépito de los cascotes se mezclaba con las risas de los hombres que estaban en la cocina.

Suspiró al recordar la cocina de estilo granjero que en aquellos momentos estaban echando abajo.

Pero cuando acabaran las obras tendría la cocina de sus sueños.

–¿Qué te hace tanta gracia?

–¿Qué? –miró a Rafe y se dio cuenta de que la había sorprendido sonriendo–. Nada. Sólo pensaba en el aspecto que tendrá la cocina cuando hayáis acabado.

–¿No te molestan el jaleo y el resultado?

–No –se levantó y se apoyó sobre la cocina para mirarlo–. No me apetece en absoluto oír tanto ruido y hacer galletas aquí fuera, pero es inevitable. Y en cuanto al resultado, hice las investigaciones pertinentes antes de contrataros. Consulté con todas las constructoras de la ciudad y recibí tres presupuestos.

–¿Y por qué te decidiste por King Construction? –preguntó el mientras arrastraba algo que parecía una serpiente plateada desde debajo de la cocina a la toma de gas de la pared del garaje.

–No fue una decisión fácil –dijo ella, recordando cosas que era mejor no mencionar.

–¿Por qué? –casi parecía ofendido–. King Construction tiene una reputación intachable.

Katie sonrió.

–Está bien que defiendas a la empresa para la que trabajas.

–Sí, bueno. Los King se han portado muy bien conmigo –frunció el ceño y volvió a la tarea–. Pero si no te gusta King Construction, ¿por qué nos has contratado?

Katie volvió a suspirar y se reprendió a sí misma por no ser más discreta. Pero ya era demasiado tarde para tragarse sus palabras.

–Estoy segura de que la constructora es excelente. Todas las referencias hablaban de un trabajo responsable y profesional.

–¿Pero…? –Rafe le dio unos golpecitos a la pared, se levantó y miró a Katie, esperando la respuesta.

Ella también se irguió, a pesar de su metro ochenta él le seguía sacando al menos diez centímetros. Tenía los ojos más azules que Katie había visto en su vida. Sus labios eran carnosos y sensuales y una ligera barba incipiente oscurecía su recio mentón. De anchos hombros, sus vaqueros se ceñían a sus fuertes piernas y estrecha cintura. Después de mucho tiempo, Katie volvió a sentir el hormigueo de la atracción sexual. Y además se trataba de un hombre trabajador, no de uno de esos millonarios de los que ya estaba harta.

Él seguía esperando la respuesta.

–Digamos que es un asunto personal entre la familia King y yo –le dijo con una sonrisa.

El semblante de Rafe se contrajo aún más.

–¿Qué quieres decir?

–No es nada importante –sacudió la cabeza y se echó a reír–. Siento haberlo dicho. Sólo estaba insinuando que para mí fue muy duro contratar los servicios de King Construction sabiendo lo que sé sobre los hombres de la familia King.

–¿Qué es lo que sabes exactamente de los King? –insistió él, entornando amenazadoramente la mirada.

Katie se estremeció ante la intensidad de aquellos ojos azules y una sorprendente excitación la recorrió por dentro. Nerviosa, desvió la mirada hacia las tuberías e intentó recuperar la compostura antes de hablar.

–¿Aparte de que son ricos y esnobs?

–¿Esnobs?

–Sí… Oye, ya sé que trabajas para ellos y no quiero que te sientas incómodo. Pero también sé que no quiero volver a tener nada que ver con ellos nunca más.

–Eso suena muy drástico.

Katie volvió a reírse. No creía que Cordell King hubiera pensado en ella desde que desapareció de su vida seis meses antes. Los King iban arrollando por el mundo, esperando que los demás se apartaran de su camino. Y Katie no tenía ningún problema en apartarse.

–No creo que a los King de California les quite el sueño que Katie Charles los odie a muerte.

–Te sorprenderías… –dijo él, sacudiéndose el polvo de las manos–. Soy un tipo curioso, y no voy a quedar contento hasta saber por qué los odias tanto.

–La curiosidad no siempre es buena –le advirtió–. A veces descubres cosas que preferirías no saber.

–Siempre será mejor que no saber nada, ¿no te parece?

–No siempre –Cordell le había destrozado el corazón al romper con ella, y la respuesta que le dio cuando Katie le preguntó el motivo la hizo sentirse aún peor.

Rafe sonrió de manera que sus rasgos se suavizaron y sus ojos perdieron frialdad. El corazón de Katie reaccionó con una fuerte sacudida al irresistible atractivo varonil, y él, como si supiera lo que estaba pensando, sonrió aún más y le hizo un guiño. Pero un segundo después volvió a su rol profesional.

–La tubería de gas ya está instalada, pero recuerda que cortaremos el gas durante el día. Te avisaremos cuando puedas usar la cocina.

–De acuerdo. Gracias –dio un paso atrás y Rafe pasó junto a ella, rozándole el brazo con el suyo. Una ola de calor se propagó por todo su cuerpo y Katie respiró hondo para intentar sofocarla. Por desgracia, con eso sólo consiguió inhalar la colonia de Rafe, tan poderosamente embriagadora como él mismo–. Y… ¿Rafe?

–¿Sí?

–Por favor, no digas nada de lo que he dicho sobre la familia King. No tendría que haber sacado el tema, y no quiero que nadie se sienta incómodo.

–No diré ni una palabra. Pero un día de estos me gustaría oír el resto de la historia.

–Mejor que no. Los King forman parte de mi pasado y ahí es donde quiero dejarlos.

Al final de la primera jornada Katie se preguntaba por qué había decidido reformar la cocina. Se sentía muy incómoda con aquellos extraños entrando y saliendo de la casa durante todo el día, sin contar con el ruido que hacían.

Una vez se hubieron marchado, Katie se quedó sola en lo que hasta esa mañana había sido la cocina de su abuela y se giró lentamente sobre sí misma.

El suelo estaba levantado y dejaba a la vista una tierra negra que era más vieja que Katie. Las paredes estaban medio tiradas y los armarios habían sido retirados al jardín trasero. Al ver las tuberías desnudas soltó un gemido de compasión por la vieja casa.

–¿Remordimientos?

Katie dio un respingo y se dio la vuelta. El corazón casi se le salió por la boca al soltar un suspiro de alivio.

–Rafe… Creía que te habías marchado.

Él sonrió, como si supiera que la había asustado, y se apoyó en el marco de la puerta.

–Me he quedado para asegurarme de que tienes gas en el patio.

–¿Y?

–Todo está en orden.

–Perfecto. Gracias.

Rafe se encogió de hombros y se irguió perezosamente, como si tuviera todo el tiempo del mundo.

–Es mi trabajo.

–Lo sé, pero aun así te lo agradezco.

–De nada –paseó la mirada por los restos de la cocina, igual que Katie había hecho un momento antes–. ¿Qué te parece?

–¿Sinceramente? Es horrible.

Rafe soltó una carcajada.

–Primero hay que destruir para luego crear.

–Lo tendré en cuenta –se acercó a donde había estado el fregadero. Sólo quedaba una pared semi-derruida con aquellas tuberías desnudas mirándola acusadoramente–. Me cuesta creer que esto volverá a ser una cocina.

–Las he visto peores.

–No sé si tomarme ese comentario con alivio o con consternación.

–Con alivio, mejor –se acercó a ella con las manos en los bolsillos traseros–. Hay trabajos que se tarda meses en acabarlos.

–¿Has hecho muchos trabajos como este?

–Algunos… Aunque este es el primero que hago desde hace tres o cuatro años.

Las voces resonaban en el silencio que reinaba en la casa tras un largo día de martillazos, y los últimos rayos del crepúsculo entraban por las ventanas, inundando la cocina con una luz íntima y acogedora.

Katie miró a Rafe, se tomó su tiempo para deleitarse con la imagen y se sorprendió preguntándose qué clase de persona era y qué cosas le gustaría hacer.

Hacía mucho tiempo que se no interesaba por ningún hombre. Un cruel desengaño había hecho que se lo pensara dos veces antes de salir con alguien.

Pero no había nada malo en mirar…

–¿Y a qué te has dedicado todo este tiempo?

Rafe la miró y Katie vio cómo se nublaba su expresión. Desvió la mirada y pasó una mano por la estructura de un armario.

–Varias cosas. Pero me gusta haber vuelto al trabajo manual –le hizo otro guiño–. Aunque sea para los King.

Al parecer él tampoco quería hablar de sus experiencias. O quizá sólo estaba picando su curiosidad para que insistiera un poco más. Pero si lo hacía, le estaría dando permiso implícitamente para que él también le preguntara por su pasado. Y Katie no quería contar cómo Cordell King la había cortejado, conquistado y posteriormente abandonado.

Aun así, no podía evitar sentir curiosidad por Rafe Cole y lo que estuviera ocultándole.

–Bueno –dijo él al cabo de un largo silencio–. Será mejor que me vaya y te deje con tus galletas.

–Muy bien –se adelantó al mismo tiempo que él y los dos chocaron el uno con el otro.

Una llamarada prendió al instante entre ellos. Sus cuerpos estaban muy juntos, casi pegados y, por un momento, ninguno de los dijo nada. No hacía falta.

La pasión que ardía en el aire era innegable.

Katie levantó la mirada hacia los ojos de Rafe y supo que estaba sintiendo exactamente lo mismo que ella. Y a juzgar por su expresión tampoco a él le agradaba sentirlo.

Una conexión romántica era lo último que Katie buscaba, pero era justamente lo que acababa de encontrar.

Rafe levantó una mano para tocarle la cara, detuvo los dedos a un centímetro de su barbilla y sonrió.

–Esto podría ponerse… interesante.

«Interesante» era decir poco.

Capítulo Dos

–La reunión ha terminado –dijo Lucas King–. ¿Qué hacemos todavía aquí?

–Tengo una pregunta que haceros –respondió Rafe. Cualquiera que lo viera junto a Sean y Lucas, sus socios en King Construction, sabría que eran hermanos. Los tres tenían el pelo negro y los ojos azules, aunque los demás rasgos indicaban que tenían madres distintas.

Pero su padre no sólo los había unido por la sangre, sino también forjando el vínculo fraternal en sus infancias. Todos los hijos de Ben King habían pasado juntos los veranos, y las diferencias entre ellos dejaban de tener importancia al saber que su padre no se había casado con ninguna de sus madres.

Lucas, el mayor de los tres, consultó la hora en su reloj y miró con impaciencia a Rafe. Sean, como siempre, estaba mandándole un mensaje de texto a alguien y no se enteró de que Lucas había hablado.

Los tres hermanos mantenían una reunión a la semana para hablar de la empresa y de la familia. Cada reunión tenía lugar en la casa de uno de ellos, y aquella noche se habían juntado en la casa que Lucas tenía en la playa. Era una mansión enorme y llena de lo que Lucas afirmaba que era personalidad, mientras que para el resto era anticuada e incómoda. Rafe prefería su *suite* en el hotel Huntington Beach. Moderno, elegante y práctico. En cuanto a Sean, vivía en un deposito remodelado en Sunset Beach, con un ascensor que bajaba a la misma playa. Los tres tenían gustos radicalmente opuestos y sin embargo todos ellos habían optado por tener una vivienda con vistas al mar.

Rafe contempló la puesta de sol sobre el océano y aspiró la fresca fragancia marina. Había unos cuantos surfistas en el agua y una pareja paseaba a un perrito.

–¿Qué sabemos de Katie Charles? –les preguntó a sus hermanos mientras tomaba un sorbo de cerveza.

–¿Katie qué? –preguntó Sean.

–Charles –dijo Lucas, irritado por la falta de atención de su hermano–. ¿Es que no escuchas?

–¿A quién? –Sean mantenía la mirada en su teléfono móvil. Siempre estaba mandando correos electrónicos y mensajes de texto a clientes y mujeres, y era prácticamente imposible desviar su atención.

–A mí –dijo Rafe, quitándole el móvil de la mano.

–¡Eh! –protestó Sean–. Estoy concertando una reunión.

–¿Qué tal si prestas atención a ésta?

–Vale. Te escucho. Pero devuélveme el móvil.

Rafe se lo arrojó y se giró hacia Lucas.

–¿Y bien? ¿Sabes algo de Katie Charles?

–El nombre me resulta familiar. ¿Quién es?

–Una clienta. Estamos reformando su cocina.

–Estupendo –dijo Sean–. ¿Y qué pasa con ella?

Buena pregunta. A Rafe no debería importarle lo que Katie Charles pensara de su familia, pero no había dejado de pensar en ella desde que se marchó de su casa. Era una mujer guapa, inteligente, tenía su propio negocio y odiaba acérrimamente a los King. ¿Y qué?

–Katie Charles –repitió Lucas para sí mismo–. Katie Charles… Cocina… Galletas… ¡Eso es! –sonrió–. Las Galletas de Katie. Se está abriendo camino en el mercado. De momento sólo tiene un negocio casero, pero la gente empieza a hablar de ella.

–¿Qué gente? –preguntó Rafe con el ceño fruncido–. Nunca había oído hablar de ella.

–¿Y por qué ibas a oír hablar de ella? –se burló Sean–. Eres un ermitaño. Para enterarte de algo tendrías que hablar con alguien… que no fuéramos nosotros.

–No soy un ermitaño.

–Odio darle la razón a Sean, pero lo que dice es cierto –observó Lucas–. Pasas casi todo el tiempo encerrado en tu ático. Seguro que las únicas personas con las que has hablado desde nuestra última reunión son el recepcionista del hotel y el equipo con el que estuviste trabajando hoy.

Rafe lo fulminó con la mirada, a falta de buenos argumentos para rebatirlo. No tenía tiempo para quedar con todas las modelos del mundo, como hacía Sean. Y tampoco tenía interés por el mundo de las finanzas, como Lucas.

–Ah, sí, la apuesta que perdiste –dijo Sean con una sonrisa–. ¿Cómo ha sido volver a una obra?

–No estuvo mal –admitió Rafe. La verdad era que había disfrutado más de lo que se esperaba. Trabajar con unas personas que ignoraban que se trataba de su jefe había sido muy divertido. Y luego estaba la tentación que suponía una mujer como Katie Charles… hasta que le confesó su odio por la familia King.

–¿Entonces por qué tienes tan mala cara? –quiso saber Sean.

–Pareces más disgustado que de costumbre –corroboró Lucas–. ¿Qué ha pasado? ¿Y qué tiene que ver con Katie Charles?

–¿Ninguno de vosotros la conoce?

Sean y Lucas intercambiaron una mirada y se encogieron de hombros.

–No.

–Alguien tiene que conocerla.

–Siempre hay alguien que conoce a alguien –señaló Lucas.

–Sí, pero ese alguien que conoce a Katie es un King.

Sean resopló con desdén.

–Eso no reduce mucho las probabilidades.

–Cierto –había tantos King en California que podrían fundar su propio estado.

–¿Cuál es el problema? –preguntó Lucas–. ¿Por qué te inquieta tanto?

Rafe se levantó y se acercó a la barandilla del balcón.

–Porque odia a los King.

–¿Nos odia? –Sean se echó a reír–. Imposible.

Las mujeres adoran a los hombres de la familia King.

–Eso sí que es verdad –afirmó Lucas con una sonrisa jactanciosa.

–Puede ser –dijo Rafe, aunque su exmujer no estaría del todo de acuerdo–. Pero no es el caso de esta Katie. Ni siquiera podía pronunciar el nombre King sin estremecerse de asco.

–¿Y por qué nos ha contratado si tanto nos odia?

Rafe se giró hacia Sean.

–Por la reputación de la empresa, según ella. Pero no le hace ninguna gracia.

–¿Y crees que alguien de la familia ha podido ponerla en contra de los King? –preguntó Lucas.

–¿Qué otra razón podría haber?

–La pregunta es ¿por qué te importa? –preguntó Sean.

–Una buena pregunta –aseveró Lucas.

Demasiado buena, pensó Rafe.

¿Por qué empezar algo con una mujer cuando toda relación estaba condenada al fracaso? No merecía la pena. Por eso se conformaba con unas cuantas horas de sexo sin ningún tipo de compromiso. Era más seguro cuando las reglas se dejaban claras desde el principio.

Pero se trataba de Katie…

Aquella mujer lo había impresionado más de lo que estaba dispuesto a admitir. Lo bastante, sin embargo, para admitírselo a él mismo.

–Sí, es una buena pregunta –murmuró–. Lástima que no tenga una respuesta.

Katie se estaba acostumbrando al ruido, el caos y la presencia de extraños en casa. Una semana de obras la había hecho olvidarse de la tranquilidad y la intimidad que le proporcionaban la soledad y el silencio.

La cocina no era ni la sombra de lo que había sido. Miró por una de las grandes ventanas al jardín trasero y suspiró. Había un pequeño tráiler aparcado en la hierba, cargado con el material necesario para construir cuatro cocinas. También estaban allí las camionetas de Steve, Arturo y Rafe, junto a los crecientes montones de escombros.

Katie sintió una punzada de pánico. Al principio le había parecido una buena idea reformarlo todo, pero, ¿y si la nueva cocina no le gustaba tanto como la vieja? ¿Dónde encontraría otro fregadero tan ancho y profundo? ¿Y si el negocio quebrara después de haberse gastado todos sus ahorros en una cocina que no podía permitirse?

—Dios…

—Es demasiado tarde para asustarse —le dijo una voz desde la puerta.

Katie se volvió y se encontró a Rafe. Vio un brillo en sus ojos y se obligó a sonreír.

—Aún no es un miedo atroz. Es sólo… miedo —admitió.

Rafe se rió y entró en la cocina.

—Ahora tiene mal aspecto, pero cuando acabemos quedará genial.

–Para ti es muy fácil decirlo.

–Y tanto. He hecho muchas reformas y siempre veo esa expresión de pánico que tienes tú ahora. Pero al final todo el mundo queda encantado.

–¿Encantado porque se acaban las obras o porque al cliente le gusta el resultado?

–Por ambas cosas –reconoció él–. Quería avisarte de que hemos encontrado un escape en una tubería de agua caliente.

–¿Cómo? –exclamó Katie, imaginándose toda la casa inundada.

–Tranquilízate. Es sólo un pequeño goteo. La junta de las tuberías está muy desgastada y vamos a cambiarla. Pero antes tenemos que enseñártelo y que nos des tu parecer, ya que no está incluido en el contrato.

Katie soltó una exhalación de alivio.

–Claro… Muéstramelo.

Cruzaron el patio y entraron en la cocina por la puerta trasera. Ni siquiera podía acceder a su lugar favorito de la casa por el vestíbulo, pues estaba ocupado por el frigorífico, el contenido de la despensa y montañas de cazuelas y sartenes.

Steve, el fontanero, estaba saliendo de un agujero en el suelo. Katie reprimió un escalofrío. Ni por todo el oro del mundo se arrastraría ella bajo la casa, donde anidaban las arañas y otros bichos.

–Acércate y te enseñaré el escape –le dijo con una sonrisa.

–Genial –sorteó las herramientas y los pedazos de madera y se agachó junto a Steve en el borde de la abertura.

–Ahí está –dijo él, apuntando con una linterna bajo las tablas del suelo–. Seguramente lleva goteando años. Aún no ha provocado ningún daño, pero deberíamos cambiar la juntura de cobre.

Katie asintió seriamente, aunque desde donde estaba sólo podía ver una mancha de humedad en la tierra. Pero si admitía no ver el escape Steve le insistiría en que bajase al agujero, de modo que tendría que conformarse con su palabra.

–Muy bien. Haced lo que sea necesario.

–Excelente –dijo Steve–. Rafe, ¿y si le enseñas el fregadero que has comprado esta mañana?

–¿Mi fregadero nuevo ya está aquí? –aquello sí que era interesante.

–Fui a uno de nuestro proveedores y vi un fregadero que pensé que te gustaría. Lo dejaremos en el tráiler hasta que sea el momento de instalarlo –la sacó de nuevo de la cocina y la llevó al jardín trasero, donde Arturo estaba lijando las puertas de los armarios–. Aquí está –sacó del tráiler un fregadero inmenso, mucho más profundo y ancho que el anterior.

–¿No es demasiado pesado?

–No. Es acrílico –lo sostuvo en una sola mano para demostrarlo–. Es un material muy resistente que no se oxida ni se descascarilla.

Katie pasó las manos por el borde. Era perfecto.

–Gracias. Es fantástico.

–Me alegra que te guste –volvió a meterlo en el tráiler y lo tapó con una manta.

–Creía que era el contratista quien elegía los accesorios –dijo ella.

–Joe me pidió que comprase algunas cosas en el almacén. Vi el fregadero y…

–¿Cómo sabías que me gustaría?

–Me arriesgué –admitió él.

–Y acertaste –una vez más se deleitó con el aspecto que ofrecían sus brillantes ojos azules, sus anchos hombros y el pelo negro alborotado por el viento. Había soñado con él la noche anterior, y en el sueño estaban en la cocina, solos, y Rafe la besaba hasta que Katie se despertaba con el corazón desbocado y el cuerpo sudoroso–. Dime, Rafe Cole, ¿desde cuándo te dedicas a la construcción?

Le pareció que sus rasgos se endurecían brevemente, lo cual le resultó extraño. ¿Por qué una pregunta tan simple le provocaba aquella reacción?

–Mi padre me inició en este mundo cuando era un crío –echó a andar hacia la casa, evitando la mirada de Katie–. Me gustó y me aficioné.

–Ya veo –dijo ella, intentando recuperar la cordialidad que habían compartido unos segundos antes–. Mi abuela también me inició en la repostería cuando era niña… y aquí estoy.

Él asintió secamente.

–¿Cuánto hace que vives aquí?

–Crecí aquí. Mi padre murió antes de que yo naciera y mi madre y yo nos vinimos a vivir aquí con mi abuela. Estuve aquí hasta que me fui a la universidad. Luego murió mi madre y hace año heredé la casa de mi abuela.

–Vaya… –murmuró él–. Lo siento.

–No, mi abuela no murió. Sólo se mudó de casa.

Se fue a vivir con su hermana Grace a un centro de la tercera edad. ¡Creen que allí un montón de hombres viudos buscando el amor verdadero!

Rafe se rió y Katie volvió a sentir un delicioso arrebato de calor. Se preguntó por qué no sonreiría más a menudo. Sus compañeros de trabajo siempre estaban riendo y bromeando, pero Rafe no. Él era más callado. Más misterioso.

Era simplemente… más.

Rafe se sentó frente a su hermano Sean en el restaurante y esperó a que le sirvieran su hamburguesa mientras Sean escribía un mensaje en su teléfono móvil. Por una vez, a Rafe no le importaba que su hermano estuviese enfrascado en sus mensajes de texto, pues así le daba más tiempo para pensar en Katie Charles.

Aquella mujer lo estaba volviendo loco.

No recordaba haber sentido una fijación similar por nadie, ni siquiera por Leslie, antes de casarse con ella. Era hermosa, sí, pero también lo eran otras muchas mujeres. La deseaba, sí, pero también había deseado a tantísimas otras. No… Katie tenía algo especial que lo estaba afectando a un nivel más profundo.

–¡Eh! –lo llamó Sean, riendo–. ¿Dónde estás?

–¿Qué? –Rafe se giró en el asiento y miró a su hermano menor.

–Llevo cinco minutos hablándote y no has escuchado ni una sola palabra.

Rafe frunció el ceño, irritado porque lo hubieran pillado soñando despierto. Los pensamientos sobre Katie empezaban a ocuparle más tiempo del que sería deseable.

–¿Cómo no voy a distraerme si estás tan ocupado con tus mensajitos?

–Buen intento –dijo Sean con una sonrisa–, responder con un ataque para que no te pregunte si sigues pensando en la mujer de las galletas.

–Se llama Katie.

–Sí, lo sé.

–¿Alguna vez te han dicho que eres desesperante?

–Todos los días.

A Rafe no le quedó más remedio que sonreír. Sean era el más tranquilo y despreocupado de la familia. Mientras los demás iban avasallando, él se esperaba a que todo le llegara de forma natural. Era imposible enfadarlo y casi nunca perdía la paciencia.

La camarera les llevó las hamburguesas y los dos hermanos se pusieron a comer.

–Bueno… –dijo Sean, agarrando su cerveza–, cuéntame lo de esa mujer.

Rafe suspiró, debería haber previsto la curiosidad de su hermano. Al fin y al cabo no había hablado de una mujer desde que Leslie lo abandonó. Aún recordaba la triste mirada de su exmujer cuando le dijo que sentía lástima por él porque no sabía cómo amar a una persona, añadiendo que nunca debería haberse casado con ella para condenarla a una vida vacía.

Pero entonces pensó en Katie y fue como si una brisa fresca soplara en su mente.

–Es… diferente.

–Esto se pone cada vez mejor –Sean se recostó en el asiento y esperó.

–No te confundas. Simplemente la encuentro interesante.

–Interesante –Sean asintió–. ¿Como una colección de mariposas?

–¿Qué?

Sean se echó a reír.

–Vamos, Rafe. Hay algo más y lo sabes. Y permíteme decir que ya era hora. Lo de Leslie pasó hace mucho.

–No tanto –replicó él, aunque al pensarlo se dio cuenta de que habían pasado más de cinco años. Su exmujer se había casado con el exmejor amigo de Rafe y era madre de unos gemelos y un recién nacido.

–Lo bastante para que ella siguiera con su vida. ¿Por qué no haces tú lo mismo?

–¿Quién te dice que no lo haya hecho?

–Pues… lo digo yo, Lucas, Tanner, Mac, Grady… ¿Tengo que nombrar a todos nuestros hermanos o te haces una idea?

–Estáis todos equivocados. Ya no siento nada por Leslie. Eso se acabó. Ahora es madre, por amor de Dios –y realmente tampoco la había echado de menos al perderla.

–Aun así, sigues viviendo en la *suite* de un hotel y limitas tu vida sentimental a una cita de vez cuando con alguna cabeza hueca.

–Me gusta vivir en un hotel, y no son todas cabezas huecas.

–Son dos razones de peso, desde luego.

–Mira, Katie es una mujer atractiva, pero no es mi tipo.

–¿Por qué no?

–Porque es la típica mujer que quiere casarse y formar una familia, y ya he demostrado que no sirvo para eso.

Sean sacudió la cabeza y suspiró.

–Para ser tan inteligente, no tienes muchas luces.

–Gracias por tu apoyo.

–¿Quieres apoyo? Pues deja de ser un imbécil.

–Ya probé lo que era una relación estable y me estalló en la cara. No volveré a pasar por lo mismo.

–¿Y nunca has pensado que tal vez la razón de que no funcionara fue que te casaste con la mujer equivocada?

Rafe no se molestó en responder.

El lunes por la mañana los hombre estaban peleándose con las tuberías y Katie estaba lista para una semana en Tahití. Apenas había dormido durante el fin de semana. No por falta de paz y silencio, sino porque los pedidos de galletas no le dejaban ni un momento de respiro.

Tomó un sorbo de café y puso una mueca cuando el fragor de un taladro retumbó en el aire.

–El ruido es peor la primera semana –dijo alguien cerca de ella.

Katie se giró y vio a Joe Hanna, el contratista.

–¿Lo dices para que no salga huyendo?

–Cuando las cañerías y desagües estén instalados, el resto será más llevadero. Te lo prometo.

Apenas había hecho la promesa cuando salió un grito de la cocina.

–¡Arturo! ¡Corta el agua! ¡Rápido!

–Maldita sea –masculló Joe, y salió corriendo detrás de Rafe mientras Arturo se lanzaba hacia la llave de paso. Katie siguió a Joe y entró en la cocina a tiempo de ver a Steve agachado junto a una tubería de la que manaba un chorro de agua como una fuente.

Katie retrocedió al tiempo que Arturo cortaba el agua, dejando a los tres hombres alrededor de lo que parecía un lago en su cocina.

–¿Qué ha pasado?

–Nada grave –le aseguró Joe mientras Steve se metía en el agujero–. Habrá que apretar un poco más las juntas. Tranquila, parece peor de lo que es.

Katie esperó que tuviera razón, porque era como si la pleamar hubiera inundado la cocina.

Joe le puso a Rafe una mano en el hombro.

–Tendría que haber comprobado su trabajo personalmente. Rafe lleva mucho tiempo alejado de estas cosas y ha perdido un poco de práctica.

Katie vio el destello de enojo en el rostro de Rafe y compartió el disgusto con él.

–¿No es Steve el fontanero?

–Sí, pero Rafe se encargó de instalar esa tubería.

–Me aseguré de que estuviese bien ensamblada –dijo Rafe–. Esto no debería haber pasado.

–Claro, claro –dijo Joe, antes de mirar a Katie–.

Ha sido culpa mía. Como ya he dicho, tendría que haber vigilado de cerca al nuevo.

Katie notó que Rafe se estaba mordiendo la lengua, sin duda temiendo perder su trabajo si intentaba defenderse. Sin pensarlo, se lanzó en su defensa.

–Rafe hace un trabajo extraordinario. Me ha instalado la cocina provisional y gracias a eso puedo seguir con mi negocio. Todos los días se queda hasta tarde limpiando y asegurándose de que yo sufra las menos molestias posibles. Seguro que lo que ha pasado con esa tubería era inevitable.

–Sí –llegó una voz desde debajo de la casa–. Ya he encontrado el problema. La primera junta se soltó y el agua empezó a salir. Culpa mía. Lo arreglaré enseguida.

Katie le lanzó una mirada de reproche a Joe por haber culpado al hombre equivocado, luego le sonrió a Rafe y los dejó en la cocina para que arreglasen el estropicio.

–¿A qué ha venido eso? –preguntó Joe.

Steve asomó la cabeza por el agujero y sonrió.

–Parece que a la jefa le gusta Rafe… Bastardo con suerte.

–Cállate, Steve –le advirtió Rafe, pero tenía la mirada fija en la puerta donde Katie había estado un momento antes.

Joe podía criticarlo porque formaba parte de la apuesta perdida. Pero la defensa de Katie lo había sorprendido.

Si supiera que estaba tratando con un King, la cosa cambiaría radicalmente.

Capítulo Tres

Rafe iba a llegar tarde a la obra.

A pesar de la apuesta que debía saldar, también tenía que ocuparse de su trabajo. Y tratar con un proveedor difícil era una de sus tareas favoritas.

–Oye, Mike –dijo, agarrando con fuerza el teléfono–, dijiste que tendríamos las puertas y ventanas en las obras del hospital ayer al mediodía.

–¿Es culpa mía que el envío se haya retrasado en la Costa Este?

–Puede que no –concedió Rafe–, pero será culpa tuya si no lo resuelves dentro de cinco horas.

–¡Eso es imposible! –protestó Mike al otro lado de la línea.

–Todo depende del empeño que le pongas –no estaba dispuesto a escuchar las excusas del proveedor. Era la segunda vez que Mike Prentice incumplía sus compromisos con King Construction–. Al final del día de hoy quiero que los materiales estén en la obra.

–¿O…?

–No creo que quieras saberlo.

–Estas cosas pasan, Rafe –intento defenderse Mike–. No puedo estar encima de todos mis proveedores.

–¿Por qué no? –replicó Rafe–. Yo lo estoy.

–Claro. Y seguro que los King también cometéis errores de vez en cuando.

–Naturalmente. Pero no cometemos el mismo error dos veces. No es la primera que tenemos esta conversación, Mike. La última vez acepté tus excusas, pero esta es tu segunda oportunidad y te garantizo que será la última. Si no puedes conseguirnos los materiales dentro de cinco horas, King Construction se buscará otro proveedor.

–¡Espera un momento! No nos precipitemos…

–O consigues los materiales en el tiempo acordado o haré correr la voz por todas las constructoras. ¿Cuántos encargos crees que te harán si se enteran de que no eres de fiar?

Transcurrieron unos segundos de tenso silencio mientras Mike pensaba a toda prisa. Rafe sabía lo que se le estaba pasando por la cabeza. Ya había arruinado su reputación con los King, pero aún podía hacer negocios con otras constructoras… a menos que sus errores salieran a la luz.

–Tendrás los materiales –dijo en tono malhumorado–. Eres muy duro, Rafe.

–Más te vale no olvidarlo, Mike.

Colgó y se giró en el sillón con ruedas para contemplar el océano. El edificio de King Construction se erguía junto a la carretera de la costa, y todos los hermanos disfrutaban de despachos con fabulosas vistas. Una de las ventajas de ser socio.

Otra ventaja era exprimir a fondo a quienes les fallaban.

Se levantó y apoyó una mano en la ventana. El frío del cristal se introdujo en su piel. ¿Era tan duro como la gente creía? Sí, seguramente.

Su exmujer estaba convencida de ello.

Lo cual era una razón más para mantenerse alejado de Katie Charles. Una mujer como ella no necesitaba a un hombre duro en su vida.

—Menuda vista…

Katie puso una mueca y se echó a reír por las palabras de su abuela.

—Eres imposible.

Emily O'Hara sonrió, se retocó su corta melena plateada y le hizo un guiño a su nieta.

—Cariño, si no te gusta mirar a los hombres guapos es que tienes un serio problema.

Estaban las dos en el jardín, viendo cómo se desarrollaban los trabajos. Los hombres se afanaban en sus respectivas tareas y se echaban una mano entre ellos cuando era necesario. La abuela se había fijado en Rafe inmediatamente, lo cual era lógico. Rafe era un espectáculo para la vista.

Katie también lo miró. Rafe estaba al otro lado del jardín y había estado evitando a Katie desde que ella lo defendiera ante Joe. Tal vez fuera algo típico de los hombres, avergonzarse cuando una mujer defendía su honor.

—Vaya, vaya… veo que a ti también te gusta mirar —le dijo su abuela, echándole un brazo por los hombros—. Está como un queso, ¿verdad?

Katie no pudo menos que reírse.

–¿Qué vas a hacer? –le preguntó su abuela.

–¿Qué puedo hacer? –preguntó Katie a su vez. Vio como Rafe sonreía por algo que Arturo había dicho y sintió una deliciosa sacudida en el estómago.

–Los jóvenes os empeñáis en perder el tiempo… Si lo quieres, Katie, ve a por él.

–No es una galleta que pueda agarrar y envolver.

–¿Quién ha dicho nada de envolverlo? Más bien deberías desenvolverlo y darle un buen bocado. La vida es corta, tienes que disfrutarla mientras puedas.

–Esto es increíble… –dijo Katie–. Mi abuela animándome a ser una cabeza loca.

–¿Y por qué no? Yo quería a tu abuelo más que a nada, pero se fue hace mucho y yo sigo viva. Igual que tú. Llevas tanto tiempo encerrada en tu trabajo que me sorprende que no te quedes ciega cuando sales al sol.

–¡No estoy tan mal!

–No lo estabas –concedió su abuela–, hasta que ese Cordell te hizo daño.

Katie frunció el ceño al recordarlo.

–Hay un mundo lleno de gente ahí fuera, y la mitad son hombres –le dijo su abuela–. No puedes dejar que uno solo te haga protegerte de todo el género masculino.

¿Era eso lo que estaba haciendo?, se preguntó Katie. No, no podía ser. Cordell King le había hecho daño, sí, pero ella no se ocultaba de nada ni de nadie. Simplemente se ocupaba de levantar su negocio. Sólo por no haber tenido una cita desde…

Desde Cordell. Más de seis meses atrás.

¿Qué le había pasado? Ella era una persona divertida y sociable, a la que le gustaba salir por ahí.

–¡Aquí viene! –le susurró su abuela.

Katie abandonó sus divagaciones y vio a Rafe acercándose a ellas. Sólo de verlo caminar ya se le hacía la boca agua.

–¿Cómo has dicho que se llamaba?

–Rafe. Rafe Cole.

–Mmm… –por la expresión de su abuela era obvio que algo se le estaba pasando por la cabeza. Pero antes de que Katie pudiera sonsacarle de qué se trataba, Rafe llegó junto a ellas y hubo que hacer las presentaciones pertinentes.

–Sólo quería decirte que esta noche acabaremos un poco antes –dijo Rafe–. Joe tiene una reunión y quiere que asistan Arturo y Steve.

–¿Y tú no?

–No, no hay ningún motivo por el que se requiera mi presencia. Sólo soy un peón –le dedicó una sonrisa a su abuela–. Encantado de hacerla conocido.

–Lo mismo digo, Rafe –respondió la abuela con otra sonrisa.

Rafe se alejó y Katie se fijó en sus largas y fuertes piernas, en sus firmes zancadas, en los reflejos del sol en sus negros cabellos… y naturalmente también en su trasero.

–Bueno, ¿qué pasa? –le preguntó a su abuela–. ¿En qué estás pensando?

–¿Yo? Sólo me estaba preguntando si Rafe tendría un abuelo tan guapo como él.

–Me estás ocultando algo.

–¿Por qué lo dices? –Emily se llevó una mano al pecho y abrió los ojos como platos–. Soy un libro abierto, cariño. Lo que ves es lo que hay.

–Abuela…

Emily consultó la hora en su reloj.

–¡Tengo que irme! Esta noche he quedado con un viudo y tengo una cita para hacerme la manicura dentro de media hora.

Katie se echó a reír y le dio un abrazo.

–Eres increíble…

–Tú también lo eres… cuando te das la oportunidad –volvió a mirar a Rafe–. ¿Por qué no lo invitas a cenar? Vive la vida, Katie. Y ese chico te gusta, ¿verdad?

–Sí –admitió Katie–. Me gusta. Sólo hace una semana que lo conozco, pero he pasado tantas horas que es como si lo conociera de toda la vida. Es un hombre decente, abuela. No se parece en nada a Cordell King, ese millonario cretino y holgazán.

–No todos los millonarios son holgazanes –señaló Emily–. Ni cretinos.

–Tal vez –dijo Katie, no muy convencida.

La verdad era que no tenía mucha experiencia con los hombres ricos. Cordell era el único millonario al que había conocido, pero con esa experiencia le bastaba para toda su vida.

–Desde ahora en adelante, sólo me interesan los hombres normales y trabajadores.

–Eres tan testaruda como tu madre, que Dios la bendiga –dijo su abuela–. Muy bien. Este Rafe parece un buen tipo. Y además está para chuparse los dedos.

–Desde luego –corroboró Katie, volviendo a mirar al hombre que protagonizaba sus sueños y fantasías.

–Pero no se conoce de verdad a un hombre hasta que te lo llevas a la cama.

–¡Abuela! –exclamó Katie–. ¿Qué clase de ejemplo me estás dando?

–El mejor –Emily se rió, encantada por la facilidad con que escandalizaba a su nieta–. Sólo estoy sugiriendo que sería interesante probarlo, nada más.

Katie quería mucho a su abuela, pero no era tan inconformista como ella. Aunque Emily O'Hara no siempre había sido tan atrevida. Sólo después de que muriese la madre de Katie pareció darse cuenta de lo corta que era la vida. Katie comprendía y admiraba ese espíritu aventurero, pero no podía imitarlo. Al fin y al cabo, su abuela había tenido al gran amor de su vida y ahora buscaba divertirse, mientras que ella seguía buscando el amor.

Aunque quizá su abuela tuviera razón y fuese el momento de arriesgarse…

–No quiero probarlo –mintió–. Al menos aún no. Pero lo de la cena es buena idea. Rafe me gusta de verdad, y es muy distinto a Cordell King.

–Mmm…

–¿Qué?

–Nada, nada –Emily le dio un fuerte abrazo–. Me voy a divertir un poco, y te sugiero que hagas lo mismo.

Al quedarse sola, Katie observó en silencio a Rafe cole mientras él se reía con Arturo a la luz del sol.

Divertirse parecía una buena idea...

–Los chicos ya se han ido –dijo Rafe.

Se había quedado a propósito para pasar unos minutos a solas con ella. No sabía por qué y no se atrevía a pensarlo, pues seguramente no le gustara la respuesta, pero el caso era que se había acostumbrado a ser el último en marcharse y que esperaba con impaciencia aquellos momentos en los que sólo estaban los dos en la casa.

Todo el barrio estaba tranquilo, solo se escuchaban los botes de un balón de baloncesto en algún camino de entrada cercano y el ladrido ocasional de un perro. Del mar soplaba una ligera brisa que barría el calor del día. Katie se había recogido el pelo y sus verdes ojos destellaban a la luz del crepúsculo. Sus labios se curvaron en una suave sonrisa y Rafe sintió el acuciante arrebato del deseo. Sabía que sería una equivocación acostarse con ella. No sólo no era su tipo, sino que además odiaba a la familia King. Si tenían una aventura y ella descubría que Rafe le había mentido, las cosas se pondrían muy feas.

Pero en aquellos momentos no podía pensar con la cabeza.

–¿Cómo ha ido hoy? –le preguntó ella mientras se dirigía hacia el garaje.

–Ya hemos acabado con las tuberías y enyesado las paredes. .

–¿De verdad? –Katie se detuvo y lo miró con una sonrisa–. ¡Ya no tendré que ver las tuberías!

–A partir de ahora todo irá más rápido… siempre que los materiales lleguen a tiempo.

Ella levantó las manos con los dedos cruzados.

–Vamos a ser optimistas. Echo de menos una cocina donde poder trabajar en condiciones.

–No parece que tengas muchos problemas, a juzgar por los olores que llegan de tu cocina provisional.

Katie se rió y entró en el garaje. Rafe la siguió y echó un vistazo a su alrededor. El garaje estaba tan ordenado como el resto de la casa, con estantes en una pared y una lavadora y una secadora en otra. En el centro había un viejo todoterreno rojo, y en la pared del fondo se apilaban las herramientas de jardinería y un cortacésped.

–Es fácil hacer galletas gracias a la cocina que me instalaste –dijo ella–, pero echo de menos mi encimera para decorarlas y envolverlas. Tengo mesas suficientes en el patio, pero…

–Quieres recuperar tu vida –concluyó él.

–¡Eso es! Es curioso cómo apenas te das cuenta de la rutina cuando estás sumido en ella –se detuvo junto a los estantes y se agachó para agarrar un saco de carbón.

Rafe se agachó al mismo tiempo y de repente sus bocas se encontraron a un suspiro de distancia. El tiempo pareció detenerse a su alrededor. Rafe bajó la mirada a los labios de Katie y todo su interior se contrajo cuando ella se pasó la lengua por el labio inferior.

Rafe quería besarla más que nada, pero los ojos de Katie le dijeron que aún no estaba preparada. Y si había algo que Rafe King sabía era tener paciencia. Se enderezó y agarró el saco.

–Déjame a mí.

Ella retrocedió, murmuró un agradecimiento casi inaudible y siguió hablando de la rutina.

–A nadie le gusta que invadan su espacio y alteren su vida –dijo Rafe. El deseo casi le impedía respirar, pero intentó disimularlo lo mejor posible.

–¿Y tú? –le preguntó ella–. ¿Tienes alguna rutina que no quieres modificar?

Él le dedicó una sonrisa fugaz y soltó el saco a sus pies.

–Los hombres no tenemos rutinas –corrigió–. Tenemos agendas, programas y horarios.

–Ah… –se apoyó en el guardabarros delantero del coche–. ¿Y cuál es tu «horario»?

–El mismo que el de todo el mundo, supongo. Trabajo. Descanso. Ocio…

–Ya sé cuál es tu trabajo. ¿Cuál es tu idea del ocio?

–Esa sí que es una pregunta interesante… –la miró a los ojos para que Katie supiera exactamente lo que le estaba provocando.

Ella ahogó un débil gemido y se apartó del coche. A Rafe le gustaba verla nerviosa, pues le demostraba que sentía la misma atracción que él.

Dejó que recuperase el aliento antes de presionarla un poco más. No estaba acostumbrado a tratar con una mujer como Katie.

A las mujeres que solía frecuentar sólo les interesaban unas cuantas horas de placer y nada más. Sin motivos ocultos, trampas emocionales ni expectativas de ningún tipo. Pero Katie era diferente, y con ella se estaba moviendo en un territorio completamente nuevo. Y tremendamente excitante.

–¿Qué te parece? –preguntó, levantando el saco de carbón–. ¿Una barbacoa?

Katie pareció recibir con gran alivio el aplazamiento de lo inevitable.

–Sí. Me apetece una buena hamburguesa a la parrilla.

–Pues vamos allá –Rafe se giró hacia la puerta–. ¿Quieres que lo prepare todo?

–Sólo si te quedas a cenar.

Rafe se detuvo y se giró a medias con una sonrisa. Si se quedaba para cenar, lo más seguro era que se quedara también para el postre.

–Claro. Pero si no te importa me gustaría ir a casa a ducharme y cambiarme de ropa.

–Perfecto.

Volvía a estar nerviosa. Rafe vio cómo se mordía el labio y sintió un doloroso tirón en la entrepierna. Tendría que ser una ducha fría...

–Bueno, pues dentro de una hora estoy de vuelta para preparar la barbacoa. Se me da bien encender fuegos...

–De eso no tengo la menor duda –dijo ella.

Capítulo Cuatro

—No significa nada —se dijo Katie a sí misma mientras preparaba rápidamente la ensalada de pasta–. Sólo es una cena. Una barbacoa. Algo amistoso y seguro, sin la menor connotación sexual…

Ni siquiera ella se lo creía. Había sentido la tensión que ardía entre ellos cuando los dos se dispusieron a agarrar el saco. Por un instante estuvo segura de que Rafe iba a besarla, y no sabía si estar aliviada o decepcionada de que no lo hubiera hecho. Y también había visto el brillo de sus ojos cuando le prometió encender el fuego. Seguramente Rafe sabía que ya lo había encendido…

Cocinar la ayudó a centrarse. De niña ayudaba a su abuela en la cocina y poco a poco aprendió a desenvolverse con las recetas hasta crear las suyas propias. Aprendió a una edad muy temprana, pasara lo que pasara en su vida, la cocina era su refugio.

Cortó el apio, los champiñones, las zanahorias y las brócolis y lo añadió todo a la pasta fría. Roció la ensalada con su pesto casero y la metió en el frigorífico para ponerse con el postre. Tenía que mantenerse ocupada, porque si se paraba lo suficiente para pensar en lo que estaba haciendo dejaría de hacerlo.

–¿Dejar qué exactamente, Katie? –se preguntó–. Sólo va a venir a cenar. Nadie ha dicho nada de sexo.

El problema era que deseaba a Rafe Cole. Se había pasado una semana viéndolo a diario y cada día la atraía más. Rafe era muy amable y servicial con ella y ofrecía un aspecto irresistible con sus vaqueros. Por la noche seguía soñando con sus ojos azules y sus manos se morían por tocar sus espesos cabellos negros.

Sí, definitivamente corría un serio peligro al invitarlo a cenar. Pero tal vez era el momento de buscarse algunos problemas en la vida. Siempre había sido una chica buena. Siempre había hecho lo correcto.

Había sido capaz de salir con Cordell King durante tres meses sin acostarse con él. Quería ir despacio porque estaba convencida de que era el hombre de su vida. Después de todo, no se tropezaba con un multimillonario todos los días. Cordell había encargado un *bouquet* de galletas para su secretaria, quien iba a tener un hijo. La repartidora de Katie no pudo trabajar aquel día, de modo que fue Katie quien tuvo que hacer la entrega en persona.

Cordell había salido de su despacho para ver la reacción de su secretaria a las galletas. Después de eso, acompañó a Katie al coche y la invitó a cenar. A partir de aquella noche estuvieron juntos siempre que sus respectivos trabajos se lo permitían.

Al considerarlo en perspectiva, Katie podía ver que se había quedado embelesada por las atenciones de Cordell. La idea de que un hombre rico y poderoso se interesara por ella había avivado las llamas de algo único y maravilloso. Cordell era atractivo, atento y arrebatadoramente sexy. A Katie se le había desbocado el corazón antes de que su cabeza pudiera empezar a asimilarlo. Era como vivir un cuento de hadas. El apuesto príncipe se presentaba en la cabaña de la pobre campesina y la llevaba con él al castillo.

–Idiota –susurró.

Gracias a Dios no se había acostado con él, porque entonces la humillación habría sido mucho peor. Los dos estaban enamorados, sí. Pero los dos lo estaban de Cordell.

Se sacudió los recuerdos de encima y se concentró en la inminente velada. Roció con abundante crema batida dos cuencos de helado, añadió pedazos de galleta de chocolate y lo metió en la nevera. Antes de servirlo rociaría el postre con sirope de frambuesa.

Miró el reloj y se dio cuenta de que Rafe llegaría de un momento a otro. Corrió al cuarto de baño y se retocó el pelo y el maquillaje. Se sentía como una adolescente esperando su primera cita.

–Hoy vas a divertirte, Katie Charles –le ordenó a la mujer del espejo–. Por una vez no vas a pensar en mañana –asintió bruscamente y fingió no advertir el brillo de nerviosismo que despedían sus ojos–. Relájate y disfruta.

Era más fácil decirlo que hacerlo.

–¿Has averiguado algo? –le preguntó Rafe a su hermano mientras giraba la camioneta para entrar en la calle de Katie.

–Nada de nada –respondió Sean al otro lado del teléfono–. He hablado con Tanner, pero desde que se casó con Ivy sólo sabe hablar de las ecografías de su mujer –suspiró con disgusto–. Se cree que va a ser el único hombre de la tierra que se convierta en padre.

Rafe dejó pasar el comentario. Se alegraba por su hermano Tanner. Ivy era una buena mujer y, contra todo pronóstico, estaba convirtiendo a Tanner en un granjero decente.

–También he llamado a Jesse –continuó Sean–. Pero lo único que sabe de Katie Charles es que prepara unas galletas de nueces y chocolate blanco deliciosas. Su mujer, Bella, opina que las mejores son las de mantequilla de cacahuete, pero su hijo Joshua prefiere el dulce de chocolate.

Rafe se frotó los ojos y respiró profundamente.

–¿Y a mí qué me importa qué clase de galletas prefieran?

–Porque es la única información que tienen y han conseguido que a mí también se me antojen esas malditas galletas –dijo Sean.

Rafe aparcó frente a la casa de Katie.

–Alguien de la familia conoce a Katie y quiero saber quién.

–¿Por qué te interesa tanto? ¿Cuánto hace que la conoces… una semana? ¿Qué más te da si odia a los King?

–No me gusta.

–Deberías estar acostumbrado. Hay mucha gente que nos odia.

–Las mujeres no.

–Eso también es verdad –Sean suspiró–. Así que por esto te resulta tan interesante, ¿no?

–Tal vez –no estaba seguro de nada. Pero Katie Charles lo estaba afectando como ninguna otra mujer en su vida. Bastaba una mirada de sus ojos verdes para que la cabeza se llenara de imágenes irresistibles.

Y no le gustaba admitir que si Katie supiera que era un King, le cerraría la puerta en las narices y él no volvería a verla nunca más.

–Tendré que empezar de cero… –dijo Sean–. ¿Qué te parece si llamo a Garrett? Le encantan los misterios y no parará hasta resolverlo.

Sean tenía razón. Su primo, Garrett King, dirigía una empresa de seguridad y lo que más le gustaba en la vida era indagar en los secretos ajenos. Si alguien podía averiguar quién había despertado los odios de Katie hacia los King, ese era Garrett.

–Muy bien. Gracias.

–¿Estás ocupado? Esta noche me voy a Las Vegas. ¿Por qué no vienes conmigo? Podemos ver algún espectáculo y luego jugar a los dados.

Rafe sonrió. Normalmente habría aceptado gustoso la invitación.

–Gracias, pero tengo otros planes.

–¿Con la enemiga de los King?

–Su nombre es Katie, pero sí, con ella –admitió Rafe.

–No sabe quién eres, ¿verdad?

–No –la irritación volvió a apoderarse de él. Nunca había tenido que camuflar su identidad ante una

mujer. El apellido King siempre había sido el recla-
mo más poderoso posible.

–Genial. Bueno, consígueme algunas galletas
antes de que descubra quién eres y eches a perder
la poca reputación que aún nos queda a los King.

Las palabras de su hermano siguieron resonando
en sus oídos unos segundos después de despedirse,
pero Rafe se las sacó de la cabeza. Katie no iba a descubrir su apellido hasta que él estuviese listo para decírselo. Y eso no sería hasta después de haberla sedu-
cido, conquistado y demostrado lo buena persona
que era. Entonces le confesaría que era un King y ella
tendría que admitir que se había equivocado.

Pero de momento sólo iba a disfrutar de una velada con una mujer que no quería otra cosa que
unas hamburguesas a la parrilla.

Se bajó de la camioneta y echó a andar hacia la
puerta, pero antes de llegar al porche Katie salió corriendo de la casa y se detuvo en seco al verlo. Llevaba el pelo suelto, una camiseta verde oscuro y
unos pantalones cortos blancos que dejaban a la vista sus largas y bronceadas piernas.

–¡Rafe! Qué bien que hayas vuelto. ¡Ven conmigo, rápido!

Pasó corriendo junto a él en dirección a la casa
del vecino, rodeó una valla blanca y subió a toda
prisa por el camino de entrada. Rafe le pisaba los ta-
lones mientras se imaginaba toda clase de desgra-
cias. Sacó el móvil del bolsillo y se preparó para lla-
mar.

–¿Qué ocurre? –le gritó a Katie.

–¡Nicole necesita ayuda!

La puerta principal estaba abierta, y una mujer con el pelo corto y rubio y un niño pequeño apoyado en la cadera suspiró de alivio al verlos.

–¡Gracias a Dios! Está por todas partes…

Katie se dispuso a entrar, pero Rafe la detuvo y entró él primero. No sabía lo que los aguardaba en el interior, pero no iba a permitir que Katie corriera peligro.

Se detuvo un momento para mirar a su alrededor, buscando la causa del desastre. Había juguetes desperdigados por el suelo y un trenecito de madera. Entonces oyó la causa del problema y volvió a respirar con normalidad. Nadie se estaba muriendo, pero podía oír el chorro de una fuente.

–No puedo cortar el agua… –le estaba diciendo la mujer a Katie–. La llave de paso está atascada y hay agua por todas partes, y Connor estaba llorando y…

–Tranquilízate, Nicole –le dijo Katie–. Vamos a cortar el agua y te ayudaremos a recogerlo todo.

Rafe ignoró a las mujeres y siguió el ruido del agua hasta la cocina. No era lo que había planeado para su primera cita con Katie, pero tendría que amoldarse a las circunstancias. El agua manaba con fuerza debajo del fregadero e inundaba la cocina, arrastrando a su paso las alfombrillas.

Rafe se agachó frente al fregadero, alargó los brazos a través del chorro de agua helada y encontró a ciegas la válvula. El agua le golpeaba la cara y el pecho, impidiéndole ver nada y dificultando sus movimientos. Parpadeó con fuerza, masculló una maldición y agarró la válvula. No era extraño que Nicole no hubiese podido girarla. Rafe tuvo que emplear todas sus fuerzas y aun así sólo consiguió moverla centímetro a centímetro. Finalmente consiguió detener el torrente hasta reducirlo a un goteo constante.

El silencio era sobrecogedor... hasta que el niño pequeño empezó a reírse.

—¡Un barco! —exclamó, señalando un teléfono móvil que flotaba en el agua.

—Fabuloso... —murmuró Nicole, agachándose para recogerlo—. Bueno, de todos modos necesitaba cambiar de móvil.

—Oh, cariño, lo siento mucho —dijo Katie, rodeando los hombros de su amiga con un brazo chorreando. Miró a Rafe, que estaba calado hasta los huesos, y puso una mueca—. Rafe Cole... te presento a Nicole Baxter. Nicole, Rafe.

La mujer le ofreció una sonrisa cansada.

—Encantada de conocerte... aunque me temo que no puedas decir lo mismo.

—No pasa nada. Me gusta una aventura de vez en cuando —se apartó el pelo de la cara y se sacudió el agua de las manos. Vio la mezcla de remordimiento y regocijo en el rostro de Katie y no pudo menos que sonreír—. He cerrado la llave, pero habrá que cambiar la junta.

—Claro —dijo Nicole con un suspiro, subiéndose a su hijo en la cadera—. Muchas gracias, de verdad. Yo nunca habría podido cerrarla.

—Su marido no tendrá ningún problema para cambiarla.

–Mi exmarido está en Hawai con su secretaria –dijo Nicole, y sólo entonces Rafe se dio cuenta de que Katie le estaba haciendo señas para que se callara–. No he vuelto a verlo desde que nació Connor –besó al pequeño en la mejilla–. Pero nos las arreglamos bien, ¿verdad, cariño?

Perfecto, pensó Rafe. Había hecho que la pobre mujer se sintiera peor de lo que estaba al recordarle al imbécil de su ex. No entendía cómo un hombre era capaz de darle la espalda a su propio hijo. Muchos matrimonios no salían bien, pero por un hijo había que mantener unida a la familia. Ben King dejó mucho que desear como padre, pero siempre estuvo ahí cuando sus hijos lo necesitaban.

Al mirar a la vecina de Katie, abrazando cariñosamente a su hijo, recordó su propia infancia. Su madre no se había quedado con él, ni mucho menos. Lo dejó en manos de una tía anciana cuando Rafe apenas tenía un año y sólo iba a verlo cuando se quedaba sin dinero. Ben King no se había casado con ella, pero la estuvo manteniendo económicamente hasta que Rafe cumplió dieciocho años. A partir de entonces, su madre empezó a pedirle a Rafe el dinero que necesitaba para mantener su costoso estilo de vida. Y a él no le importaba dárselo, siempre que eso la apartara de su vista.

–¿Por qué no abrís la puerta trasera y achicáis todo el agua que podáis?

–Buena idea –respondió Katie al instante–. Vamos, Nicole. Te ayudaré a poner un poco de orden.

–No tienes por qué hacerlo –dijo Nicole–. Estaremos bien, de verdad.

–No lo dudo –dijo Rafe para no herir su orgullo–. Pero mientras achicáis el agua yo iré a comprar una junta nueva para instalarla de inmediato.

Katie le sonrió. Le sonrió de verdad, con una sonrisa llena de gratitud y admiración. Y Rafe sintió como si alguien le hubiera clavado una medalla en el pecho. Tuvo que refrenarse para no atravesar el suelo inundado, levantarla en brazos y darle el beso de su vida. Nunca jamás había experimentado algo semejante. Deseo sí, naturalmente. Lujuria también, por supuesto.

Pero… ¿necesidad?

Jamás.

–No puedo permitirlo –dijo Nicole, haciendo añicos el momento mágico.

Rafe respiró hondo para controlarse y sacudió la cabeza para aclarar sus tórridos pensamientos. Mentalmente le dio las gracias a Nicole por interrumpir algo que podría habérsele ido de las manos.

–No te estoy pidiendo permiso. Y además, con ese pequeñín en casa necesitarás agua, ¿no?

Katie seguía sonriéndole y mirándolo embobada, como si se tratara de un héroe. Su sonrisa de adoración estaba causándole verdaderos estragos. Tenía que salir de allí cuanto antes.

–Vuelvo enseguida –dijo, sacando las llaves del bolsillo.

–Gracias… –susurró Nicole con voz ahogada–. De verdad.

Katie le dio a su amiga un breve abrazo y se acercó a Rafe para agarrarlo de la mano.

–Te acompaño a la puerta mientras Nicole va a por la escoba y la fregona.

Rafe apretó los dedos sobre los suyos y sintió el calor que emanaba de su piel, como un fuego descontrolado que se propagara por todo su cuerpo. En la puerta, Katie miró por encima de hombro para asegurarse de que Nicole no los oía.

–Gracias por ofrecerte a ayudarla, Rafe. Nicole no puede permitirse pagar a un fontanero. Le estás haciendo un favor inmenso.

–No tiene importancia.

–Para ti tal vez no –le dijo ella con otra sonrisa–. Pero para una madre soltera es una catástrofe. O eso habría sido de no ser por ti… Eres mi héroe.

Sus palabras le llegaron al corazón, dejándolo momentáneamente aturdido. Siempre había ayudado mediante donaciones o cheques, de una forma segura e impersonal. Hasta ese momento no había descubierto lo que se sentía al ayudar con sus propias manos.

–Nunca he sido el héroe de nadie…

Ella lo miró y Rafe temió perderse irremediablemente en aquellos increíbles ojos verdes.

–Ahora lo eres…

Rafe levantó la mano y la agarró suavemente por la nuca.

–Guárdate esa observación para luego, ¿vale?

–Lo haré –respondió ella, y se puso de puntillas para darle un beso fugaz en la boca–. Date prisa.

El hormigueo de los labios, el nudo en el pecho y la súbita erección hicieron que tuviese que ir cojeando hasta la camioneta.

Menudo héroe estaba hecho…

Nicole y Connor los acompañaron en la barbacoa.

Katie se dijo que sólo estaba siendo amable al invitarla. Al fin y al cabo Nicole aún estaba nerviosa y todos habían acabado exhaustos tras limpiar la cocina. Pero la verdad era que Katie no se atrevía a quedarse sola con Rafe desde el beso de la puerta. No necesitaba exactamente a una carabina, sino a alguien que le impidiera abalanzarse sobre Rafe.

Porque eso era precisamente lo que quería hacer. Rafe se había comportado maravillosamente al arreglar el fregadero de la vecina, algo que Cordell King jamás hubiera hecho. A Cordell sólo le interesaban las operaciones financieras y nunca se manchaba las manos.

Rafe era diferente, pensó Katie mientras lo veía arrojar una pelota de goma espuma a Connor. El pequeño agitaba los brazos intentando atraparla y Rafe se reía cada vez que fallaba. Era un hombre…

–Increíble –dijo Nicole, acabando la frase mental de Katie.

–¿Qué?

–Él –Nicole le sonrió y desvió la mirada hacia su hijo y Rafe–. Ese hombre es único, Katie.

–Estaba pensando en lo mismo.

–¿Sí? –Nicole apartó su plato y apoyó los brazos en la mesa–. Entonces, ¿por qué nos has invitado a la barbacoa para fastidiarte la cita?

–No estáis fastidiando nada –protestó Katie. Nicole llevaba un año viviendo en la casa de al lado y se había convertido en su mejor amiga. Las dos compartían sus desengaños amorosos con los hombres y las dos trabajaban en casa; Katie haciendo galletas y Nicole como contable para varias empresas de la ciudad–. Eres mi amiga, Nicole, y siempre eres bien recibida.

–Pero este es el primer hombre con el que te veo tener una cita… ¿No quieres estar a solas con él?

Katie miró cómo Rafe levantaba a Connor y corría por el jardín. El niño se reía como loco.

–Sí y no. No sé lo que quiero, Nicole…

–Pues si me mirase a mí como te mira a ti, yo no tendría ningún problema en decidirme.

–Es complicado.

–Lo sé. Cordell te hizo mucho daño. Pero Rafe no es Cordell. ¿De verdad quieres arriesgarte a perder a un hombre extraordinario sólo porque sigues furiosa con un cerdo?

–¿Has hablado con mi abuela?

Nicole se echó a reír.

–No, no he hablado con ella. Pero si opina lo mismo que yo, entonces las dos tenemos razón y deberías fiarte de nosotras. Inténtalo, Katie. ¿Qué tienes que perder?

Otro pedazo de mi corazón, pensó Katie. Por otro lado, si no se arriesgaba jamás volvería a usarlo… Moriría como una vieja solterona, llena de remordimientos y sueños irrealizados y aferrada a un orgullo decrépito como si se tratara de un trofeo deslucido.

Volvió a mirar a Rafe, que estaba levantando a Connor hasta las hojas del naranjo, y el corazón le dio un vuelco al ver su expresión. Se lo veía contento y relajado, disfrutando de una barbacoa amistosa en un pequeño jardín. Cordell nunca se habría prestado a algo así. Él prefería los restaurantes de lujo y los trajes a medida.

Cordell había enamorado a Katie porque ella nunca había conocido a alguien como él. Y viendo el resultado habría sido mejor que no lo conociera.

Pero Rafe era todo lo opuesto a Cordell que se podía ser. Era la clase de hombre que Katie debería haber conocido en primer lugar.

–La expresión de tus ojos dice que acabas de tomar una decisión –observó Nicole–. ¿Quieres que me lleve a Connor a casa?

Katie negó con la cabeza.

–No hasta después del postre. Luego ya veremos lo que pasa.

Capítulo Cinco

–Si ese postre era una muestra de tus galletas –dijo Rafe mucho más tarde–, entiendo por qué la gente está loca por conseguirlas.

–Gracias. Te daré algunas para que te lleves a casa, si quieres.

Rafe ladeó la cabeza para examinarla. Nicole y su hijo se habían marchado un rato antes y estaban los dos solos en el jardín, a la luz de la luna y con una agradable brisa veraniega que agitaba la llama de las velas.

–¿Estás impaciente por librarte de mí?

–Claro que no –respondió ella–. No quería decir eso. Es que… Dios mío. Pensarás que nunca he tenido una cita… No es que esto sea una cita, claro.

Rafe sonrió. Disfrutaba mucho viéndola tan nerviosa.

–¿No lo es?

–¿Lo es?

–Bueno, normalmente no me dedico a arreglar tuberías en una cita, pero por lo demás ha estado bastante bien.

Ella le devolvió la sonrisa y pareció relajarse un poco.

–Ha sido emocionante, ¿verdad?

–Mucho, y aún no se ha terminado.

–No.

No era una pregunta. Era un desafío, y Rafe estaba más que dispuesto a aceptarlo. Se levantó, rodeó la mesa hacia ella y la hizo levantarse también.

–¿Qué haces?

–Quiero bailar contigo.

–No hay música –observó ella, aunque empezó a imitar sus movimientos.

–Claro que sí –le aseguró él. La rodeó por la cintura y le agarró la mano derecha con su mano izquierda–. No estás escuchando con la suficiente atención.

Katie sacudió la cabeza con incredulidad.

–Cierra los ojos –le pidió Rafe. Ella obedeció y él sintió que se le encogía el corazón al contemplarla, tan hermosa y confiada. Sentía el calor y suavidad de su mano y el olor a vainilla y canela. Olía tan deliciosamente como sus galletas, pensó con una sonrisa–. Y ahora escucha –susurró.

–¿El qué? –preguntó ella en voz igualmente baja.

–Todo.

La meció en sus brazos y apoyó la barbilla en su cabeza. Sus cuerpos se alineaban a la perfección y Rafe experimentó una erección casi inmediata. Pero si Katie lo percibió no dijo nada.

Los sonidos de la noche veraniega empezaron a envolverlos a medida que se movían bajo las estrellas. El canto de los grillos, el lejano murmullo de las olas, el viento que soplaba entre los árboles…

Era como si la naturaleza estuviese interpretando la sinfonía perfecta para ellos dos.

Katie sonrió, echó la cabeza hacia atrás y mantuvo los ojos cerrados.

–La oigo… –susurró–. Es perfecta.

–Sí –Rafe se detuvo y la miró–. Lo es.

Ella abrió los ojos y sus miradas se encontraron.

–¿Rafe?

Él le agarró la mano con fuerza y la apretó contra su cuerpo para no dejarle lugar a dudas sobre la reacción que le estaba provocando.

–Te deseo, Katie. Te deseo más de lo que nunca he deseado a nadie.

Un débil suspiro escapó de la boca de Katie.

–Yo siento lo mismo por ti.

Rafe sonrió y acercó lentamente la boca a la suya.

–Me alegra saberlo… –dijo antes de besarla.

En el momento en que sus bocas se encontraron sintió una sacudida. Reaccionó apretando aún más los brazos alrededor de Katie al tiempo que una ola de deseo ardiente calcinaba sus pensamientos.

Subió las manos por su espalda, definiendo cada curva y ondulación. Ella se movía contra él, inquieta, y sus débiles gemidos le decían todo lo que Rafe necesitaba saber. Rafe le introdujo una mano por debajo de la camiseta y la subió por el vientre hasta acariciarla el pecho. Ni siquiera el sujetador impidió que disfrutara del calor que despedía su piel.

Intensificó el beso y saqueó su boca con la lengua, reclamando todo lo que Katie pudiera tener y exigiendo aún más. Y ella se lo entregó incondicionalmente, sometida a la pasión que ardía entre ellos. Sus lenguas se entrelazaron, sus respiraciones se fundieron y sus caricias se sucedieron. Ella se aferró fuertemente a sus hombros y soltó un acuciante gemido que casi fue la perdición definitiva de Rafe. Interrumpió el beso y la miró a los ojos, llenos del mismo deseo que ardía en los suyos.

–Si no paramos ahora, te subiré a esa mesa y les daremos un espectáculo a los vecinos…

–La mesa no es tan cómoda como mi cama –dijo con voz jadeante.

–¿Es una invitación?

–A mí me lo parece.

–Es todo lo que necesito saber –murmuró Rafe, y la levantó en sus brazos.

–¡No tienes que llevarme!

–Así será más rápido –echó a andar velozmente hacia la puerta y entró en la casa–. ¿Adónde?

–Al final del pasillo, a la izquierda.

Rafe apenas podía respirar sin que el aire avivara las llamas que lo quemaban por dentro. Llegó a la habitación y se dirigió directamente hacia la cama. Se detuvo junto a ella y retiró la colcha para soltar a Katie sobre las sábanas blancas. Ella rebotó en el colchón y le dedicó otra apremiante sonrisa mientras los dos se arrancaban la ropa a toda prisa. En cuestión de segundos estaban completamente desnudos y Rafe se inclinó sobre ella. Llevaba soñando con aquel momento durante días y noches.

Aquella mujer que aseguraba tenerle un odio acérrimo a la familia King lo provocaba como ninguna otra mujer lo había provocado. Y aunque eso tal vez pudiese irritarlo, no iba a impedirle disfrutar con lo que ella le ofrecía.

Katie alargó los brazos, hundió los dedos en sus cabellos y tiró de él hacia su boca. El sabor de Katie era tan embriagador como el resto de ella, y el beso hacía que la sangre le chisporroteara en las venas. Quería poseerla, devorarla, saciar su deseo voraz. Despegó la boca de la suya y cambió de postura para atrapar uno de sus pezones entre los labios. Se llenó la boca con su pecho y usó sus dientes y lengua para hacerla arquearse y gemir de placer. Podía sentir cada temblor que le sacudía el cuerpo y oír cada suspiro que se ahogaba en su garganta. Ella le sujetó la cabeza contra el pecho como si temiera que fuese a parar. Pero Rafe sólo acababa de empezar. Se desplazó al otro pecho y sintió cómo a Katie se le aceleraba frenéticamente el pulso y la respiración.

–Llevo deseándote desde la primera vez que te vi… –le dijo, mirándola desde los pechos.

–Yo también –admitió ella, y se lamió el labio de una manera que enloqueció a Rafe.

Con los dedos empezó a retorcerle suavemente el pezón. Sabía exactamente lo que Katie estaba sintiendo por los gestos que contraían su rostro. Le encantaba ver los cambios en su expresión a medida que se entregaba a él, y Rafe supo que allí había algo más que deseo.

Algo peligroso.

Pero por nada del mundo se habría detenido.

Rafe sintió una extraña sacudida en su interior, una emoción intensa e irreconocible, pero no quiso darle más vueltas. No era el momento para ponerse a analizar nada.

Le dio un breve beso en la boca y volvió a sentirlo. Había algo más entre ellos. Una fuerza desconocida vibraba en el fondo de su ser.

Por un momento lo invadió el temor de que se estuviera implicando más profundamente de lo que había planeado. Pero de momento, no había otro lugar donde quisiera estar que donde se encontraba.

Deslizó una mano por el cuerpo de Katie y le acarició el sexo con la punta de los dedos hasta que le hizo levantar las caderas. Vio la pasión que ardía en sus ojos y aumentó la intensidad y velocidad del frotamiento. Las convulsiones sacudieron el cuerpo de Katie y Rafe sintió su placer como si fuera el suyo propio.

No se cansada de mirarla a la cara. Su rostro era como un libro abierto que revelaba todo lo que estaba sintiendo. Rafe nunca había estado con una mujer tan sincera y entregada. Sus amantes siempre controlaban u ocultaban sus emociones, ni siquiera su exmujer, Leslie, se había entregado nunca por completo, como si no confiara lo suficiente en él para expresar sus emociones más íntimas.

Con Katie, en cambio, no había reservas ni artificios. Se entregaba por entero y con ello lo arrastraba a él también.

–Vuela para mí, Katie… –le susurró. Volvió a besarla y se deleitó con aquel sabor tan dulce y exquisito como las galletas que le daban fama–. Vuela.

Ella ahogó una risita y le echó un brazo alrededor del hombro para frotarse contra la mano de Rafe. Y cuando él introdujo los dedos en su cálido manantial ella gimió con fuerza y arqueó la espalda.

–Rafe…

–Quiero verte explotar, Katie.

Y ella lo complació. Sin dejar de mirarlo a los ojos, se estremeció de la cabeza a los pies, tomó aire y al soltarlo gritó el nombre de Rafe para hacerle ver lo que le estaba haciendo. Lo que le hacía sentir. Y el cuerpo de Rafe respondió con el mismo estallido de pasión. Katie se mordió con fuerza el labio y cabalgó frenéticamente sobre la ola orgásmica que Rafe había desatado. Y él sólo podía pensar que no era suficiente. Tenía que verla retorciéndose de placer una y otra vez.

Apenas cesaron los temblores de Katie cuando Rafe se levantó de la cama, agarró los vaqueros del suelo y metió la mano en el bolsillo.

–¿Qué haces? –le preguntó ella, y sonrió al ver que sacaba un preservativo. Estiró los brazos sobre la cabeza y suspiró–. Estabas muy seguro de lo que pasaría esta noche, ¿no? Has venido preparado…

Él rasgó el envoltorio, se colocó el preservativo y volvió con ella.

–No estaba seguro de nada… Estaba esperanzado.

Katie le rodeó el cuello con los brazos.

–A mí me parece, Rafe Cole, que tú siempre estás seguro de lo que haces… Y esta noche no iba a ser una excepción.

No podía rebatir aquella observación, pero la verdad era que sólo había querido estar preparado. A diferencia de su padre, Rafe no iba por ahí dejando hijos bastardos a su paso. De hecho, ni siquiera tenía intención de traer niños al mundo. Y no se iba a encontrar con un regalo indeseado sólo por haber sido demasiado descuidado o demasiado egoísta como para ponerse un preservativo.

Pero Katie no tenía por qué saber nada de eso.

–Contigo no estoy tan seguro de mí mismo, Katie –le dijo.

Ella sonrió y le acarició la barbilla.

–Me gusta oír eso.

–Claro –repuso él con ironía–. A las mujeres os encanta saber que tenéis atontado a un hombre.

–¿Estás atontado?

–Con un poco de suerte lo estaré dentro de nada –se colocó entre sus muslos y empezó a frotarle lentamente el sexo–. Voy a quedar atontado del todo… –susurró, más para mí mismo.

La corriente de pasión fluía ininterrumpidamente entre ellos, y Rafe supo que no podría esperar un instante más para hacerla suya.

Ella lo aceptó entre sus piernas con un suspiro de gozo y Rafe se estremeció por dentro al oírlo. No quería que su corazón se implicara en aquello, de modo que ignoró la sensación. No permitiría que hubiera más conexión que la puramente física. Iba a hacer suya a Katie por un rato y luego todo volvería a la normalidad.

Pero cuando se introdujo en su calor y sintió

cómo aquel cuerpo lo recibía y aceptaba estuvo a punto de perder el control. Ella se movió de manera instintiva, rodeándolo con las piernas y tirando de él. Le abrió los brazos y él la besó en la boca mientras empezaba a moverse contra ella. Empujando y retrocediendo, deslizándose por aquel túnel mágico, supo que nunca había sentido nada igual. Por primera vez en su vida deseó no llevar puesto un preservativo. Quería sentirla de verdad, sin barreras de ningún tipo entre ellos. Pero eso sería una locura, de modo que apartó la idea de su cabeza y siguió moviéndose.

Ella se incorporó a medias y le agarró el rostro entre sus manos para besarlo en la boca. Le pasó la lengua por el labio inferior y lo llevó al límite de su resistencia. Rafe habría querido prolongar las sensaciones del momento, pero no podía seguir conteniéndose. El tiempo de la seducción y la suavidad había pasado, barrido por la imperiosa necesidad del orgasmo.

Volvió a tumbarla de espaldas y la penetró con fuerza y rapidez.

—¡Sí! —susurró ella, moviéndose al mismo ritmo. Su deseo exaltó la pasión de Rafe y juntos se lanzaron hacia lo que ambos necesitaban.

Rafe sintió las convulsiones del clímax en el interior de Katie y su cuerpo respondió con una erupción similar. Gritó el nombre de Katie y los dos se abandonaron al éxtasis compartido.

—Mi héroe… —dijo Katie cuando consiguió recuperar la voz.

–A tu servicio –murmuró él con la cara enterrada en su cuello.

Katie sonrió y miró el techo, de color azul claro. El aliento de Rafe contra su cuello, el peso de su cuerpo sobre ella y la palpitante unión de sus sexos creaban un momento de perfección sublime. Le acarició la espalda y se deleitó con el sonido de su respiración y los ecos de sus latidos. Hacía mucho tiempo que no estaba con un hombre, y tal vez se estuviera dejando llevar por la emoción de la novedad.

Pero no. Una voz interior le susurraba que aquello había sido especial. Con Rafe acababa de compartir algo que iba mucho más allá del sexo. Con Cordell también había creído que era algo especial, pero no podía compararse ni de lejos con lo que Rafe le había hecho sentir.

Fuera como fuera, no iba a construir un castillo en el aire a partir de una experiencia puramente sexual. Otra vez no. La experiencia había sido increíble, cierto, pero ella no estaba enamorada. Era una mujer racional y sensata y sabía que nadie se enamorada de nadie en una semana.

Pero sí podía admitir, al menos, que Rafe Cole le había llegado al corazón. Si no sintiera algo por él nunca se habría acostado con él. Y verlo aquella noche con Nicole y Connor había afianzado esos sentimientos. ¿Cómo no iba a sentir algo por un hombre tan bueno y atento, que se desvivía por ayudar a una madre soltera en apuros?

Rafe era la clase de hombre que ella siempre había deseado encontrar. Trabajador, honesto, decente y muy, muy, muy sexy.

–Estás pensando –murmuró él. No era una pregunta.

–Sí.

Rafe levantó la cabeza y le sonrió.

–¿Por qué será que el sexo le da energías a la mujer y al hombre en cambio lo deja grogui?

–Si te lo dijera tendría que matarte.

Él se rió y ella sintió los temblores de la carcajada por todo su cuerpo. Aún seguían abrazados y acoplados, y cada movimiento que Rafe hacía le despertaba una nueva ola de sensaciones por la piel ultrasensible.

–Mmm –susurró él, como si supiera exactamente lo que Katie estaba pensando y sintiendo. Volvió a moverse y le arrancó un suspiro de placer–. Parece que aún no hemos acabado…

–Ni mucho menos –confirmó ella, y empezó a moverse al ritmo que Rafe había impuesto, como si lo hubieran hecho cientos de veces y conocieran instintivamente los movimientos del otro. Como si sus cuerpos hubieran sido forjados para encajar a la perfección. Dos mitades formando un todo. Katie sentía que así había de ser. Que aquella noche estaba predestinada. Que se había arriesgado con Rafe para que su corazón volviera a sanar…

Capítulo Seis

–Ya está –susurró Rafe–. Total y absolutamente atontado…

–Yo me siento genial –admitió ella con un suspiro de satisfacción.

Él la miró y sacudió la cabeza.

–Eres increíble.

–¿Por qué soy increíble? –le preguntó, apartándole el pelo de la frente.

Rafe la observó unos segundos antes de responder.

–La mayoría de las mujeres se estarían arrepintiendo de lo que ha pasado…

–Yo no.

–O estaría haciendo cábalas para conseguir que esto fuese algo permanente.

Katie frunció el ceño y negó con la cabeza.

–Yo no –repitió.

–Ya lo veo –dijo él, y se giró de costado arrastrándola consigo, de modo que Katie acabó con la cabeza en su hombro.

Se sentía maravillosamente bien. Mejor de lo que se había sentido en mucho tiempo. Pero sabía que Rafe tenía razón. Muchas mujeres estarían maquinando para retener a Rafe en sus camas y en sus vidas. Y a Katie también le resultaría fácil hacerlo…

Pero no iba a engañarse a sí misma. Sabía que aquella noche no era el comienzo de ninguna relación. Si no fuera porque estaba reformando su cocina, nunca más tendría que ver a Rafe Cole. Él no le había hecho ninguna promesa ni ella se la había pedido.

Se levantó y se cruzó de brazos sobre el pecho. El pelo le caía sobre los ojos. Se lo sacudió y miró fijamente a Rafe con una triste sonrisa. Tal vez fuera mejor mantener la conversación en aquellos momentos.

–Oh, oh –murmuró él–. Esa sonrisa no me gusta nada…

Katie le apartó el pelo de la frente y prolongó el contacto un poco más de lo necesario.

–Ha sido maravilloso, Rafe. En serio. Pero…

Él frunció el ceño, se giró rápidamente y la tuvo debajo de su cuerpo en un abrir y cerrar de ojos.

–¿Pero qué?

Katie suspiró ante la penetrante mirada de sus ojos azules.

–Pero no creo que debamos hacerlo de nuevo, eso es todo.

–¿Me estás dejando?

–Bueno, no somos pareja y por tanto no podemos dejarnos, pero… algo así.

–No me lo creo –parecía absolutamente desconcertado, y Katie sospechó que no debía de estar acostumbrado a que las mujeres lo rechazaran. Un hombre como él tendría que quitarse a las mujeres de encima como si fueran pelos de gato.

Se le escapó una risita por la comparación y él frunció aún más el ceño.

–¿Esto también te parece divertido?

–No, lo siento –le acarició el brazo y reprimió un suspiro de admiración–. Pero pensé en algo que me hizo gracia y…

–Perfecto. Así que no sólo me estás dejando sino que no puedes ni centrarte en la conversación.

–¿Por qué te enfadas?

–¿Y por qué no habría de enfadarme?

Katie empezó a irritarse.

–Hace un segundo estabas muy orgulloso de mí por no querer hacer de esto más de lo que era.

–Sí, pero…

–¿Y ahora estás furioso por lo mismo?

Rafe expulsó una larga espiración y la miró en silencio unos instantes.

–Esta no es la respuesta que suelo recibir de las mujeres, así que discúlpame si me quedo un poco sorprendido.

–Sorprendido, vale. Pero ¿por qué furioso? –se le pasó la irritación y le ofreció una sonrisa llena de paciencia–. Tú opinas lo mismo que yo, aunque yo he sido la primera en decirlo. Creía que te alegrarías por ello.

–Pues no me alegro –murmuró él. Se separó de ella y se apoyó de espaldas contra el cabecero–. ¿Qué ha pasado exactamente esta noche, Katie?

–Los dos lo deseábamos, Rafe –se sentó a su lado y se cubrió los pechos con la sábana–. Y pensé que por qué no podíamos hacerlo…

–¿Y ya está?

–Sí –mintió. Sentía algo más profundo por él, y si pasara más tiempo a su lado podría llegar a sentir mucho más. Lo cual sería un grave error. Rafe era un hombre maravilloso, pero Cordell King también se lo había parecido al principio... hasta que le entregó un brazalete de diamantes acompañado de una nota que decía: «Somos demasiado diferentes para tener una relación estable». Traducción: «Yo soy rico, tú eres pobre. Adiós».

Con Cordell había cometido una equivocación imperdonable, y el resultado era que sus habilidades para calibrar a las personas habían quedado seriamente dañadas. Lo mejor que podía hacer era dedicarse a su trabajo durante un par de años antes de volver a arriesgarse. Se alegraba de haber compartido aquella noche con Rafe, desde luego, pero no iba a construir su futuro a partir de ahí. Algún día volvería a salir en busca de un hombre... Un hombre como Rafe. Fuerte, honesto y decente.

–No te creo –dijo él–. Aquí hay algo más y quiero saber lo que es.

–¿Cómo dices?

–Ya me has oído, Katie. Sé que te gusto, y no entiendo por qué rompes conmigo antes incluso de haber empezado.

–Eso no importa.

Rafe la agarró y tiró de ella para colocársela en el regazo.

–Claro que importa. Me importa a mí.

Estar tan cerca de él no era una buena idea cuando estaba intentando pensar con la cabeza fría. Tuvo que reprimir el impulso de deslizar las manos sobre los poderosos músculos de su pecho.

–Te lo estás tomando muy mal, Rafe…

–¿Y qué esperabas? ¿Que me vistiera, te diera las gracias por el revolcón y me largara?

–Pues… sí –respondió con toda sinceridad. Al fin y al cabo, ¿a qué hombre no le gustaría tener una aventura de una noche, sin promesas ni compromisos?

–Lamento decepcionarte –murmuró él–. Quiero saber el verdadero motivo que se oculta detrás de todo esto.

–Rafe…

–Es él, ¿verdad? Es por el misterioso miembro de la familia King.

Katie lo fulminó con la mirada y se separó de él.

–Eso no es asunto tuyo.

–Sí que lo es, Katie. Me estás dejando por culpa de ese tipo. Lo menos que merezco es que me digas por qué.

–Porque confiaba en él, ¿vale? –explotó antes de poder detenerse, y una vez que las palabras empezaron a salir ya no hubo forma de contenerlas–. Creía que estaba enamorada de él, y que él lo estaba de mí. Era encantador, atento, divertido…

–Y rico –añadió Rafe.

–Y también rico, de acuerdo –admitió ella–. Pero no me enamoré de él por su dinero. Es más, creo que fue eso la razón de que no funcionara.

–¿Cómo?

Katie se levantó de la cama para ir al cuarto de baño. Agarró una bata y se la puso. La expresión de Rafe le dejaba muy claro que no se marcharía de allí hasta que supiera toda la verdad. De un modo u otro seguiría estando expuesta a su escrutinio.

–De acuerdo… ¿Quieres saber la verdad? Me abandonó porque éramos demasiado «diferentes». En otras palabras, que yo no era lo bastante buena para él. Un hombre rico no podía juntarse con una chica pobre. Ya está. ¿Contento? ¿Te sientes mejor por conocer mi humillación?

Rafe se limitó a mirarla con calma.

–¿Que no eras lo bastante buena, dices? ¿Quién demonios se cree ese tipo que es para decir algo así de una persona?

Katie sonrió, a pesar de todo lo que estaba sintiendo por dentro. La indignación de Rafe aliviaba un poco el dolor del recuerdo.

–Es un King –dijo con fingida indiferencia–. Los amos del universo. Pregúntale a cualquiera. A tus compañeros de trabajo, sin ir más lejos. Seguro que tienen cosas que contar sobre la todopoderosa familia King.

–A los chicos les gusta trabajar para King Construction –le aclaró él–. No he oído ni una sola queja al respecto.

–Posiblemente porque tengan miedo de perder sus trabajos –murmuró ella. Aunque tal vez trabajar para la familia King no tuviera nada que ver con salir con uno de ellos.

–¿Quién es? –insistió Rafe–. ¿Qué miembro de la

familia King te trató así? Dímelo e iré a partirle la cara.

A Katie se le escapó una carcajada.

–¿Sigues siendo mi héroe?

–Si lo necesitas, sí.

Tentador, pensó ella. Rafe no había salido huyendo. Tal vez estuviera interesado en algo más que una aventura pasajera. Lo único que ella tenía que hacer para comprobarlo era confiar en sí misma y confiar en Rafe. Le encantaría hacerlo, pero no estaba preparada.

–No, pero gracias. Tengo que aprender a arreglármelas sola.

–¿Quieres partirle la cara tú?

Katie volvió a reírse.

–Me habría encantado hacerlo hace seis meses, pero ya lo superé.

–No, no lo has superado.

Rafe se levantó de la cama y se puso los vaqueros.

–Si lo hubieras superado no estaríamos teniendo esta conversación. Seguiríamos en la cama, haciendo lo que mejor se nos da hacer…

Katie volvió a ponerse seria.

–No se trata de él. Se trata de mí… De nosotros.

Él soltó un bufido de incredulidad y se puso las botas. Acto seguido, recogió la camisa del suelo y avanzó hacia Katie. Se detuvo a medio metro y la agarró para tirar de ella hacia él.

–Acabas de decirme que no hay nada entre nosotros, Katie. Así que aclárate.

–Suéltame.

Él la soltó, pero la frustración se palpaba en el aire.

–¿Qué te importa lo que dijera un King? ¿Es que su actitud no te demuestra lo imbécil que era ese tipo?

–No lo entiendes… Yo creía que era mi príncipe azul y resultó ser un sapo. Pero yo no me di cuenta hasta que fue demasiado tarde –levantó los brazos y los dejó caer a los costados–. ¿Cómo voy a confiar en mi criterio a la hora de analizar a las personas si me dejo engañar de esa manera?

–Estás dejando que él gane, Katie –le dijo Rafe, inclinándose sobre ella hasta casi rozarla con la nariz–. Al dudar de ti misma le otorgas un poder que no se merece.

–Puede ser, pero aún no estoy preparada para cometer otro error.

–¿Qué te hace estar tan segura de que yo soy un error?

–No estoy segura –dijo ella–. Ese es el problema.

Rafe le puso las manos en los hombros y las subió lentamente hasta colocarlas a ambos lados de su cara. Le clavó la intensa mirada de sus ojos, tan azules, que Katie podría ahogarse en ellos.

–Me echarás de menos –le dijo él.

–Lo sé.

–No voy a desaparecer. Me verás todos los días.

–Eso también lo sé.

Rafe la besó en los labios antes de erguirse.

–Esta noche no es el final, Katie. Sólo es el comienzo.

Antes de que ella pudiera decir nada, se dio la vuelta y salió de la habitación.

Nada más llegar a casa, llamó por teléfono a su hermano Sean.

–¿Has hablado con Garrett?

–Imposible –respondió Sean–. Está en Irlanda y no responde al teléfono.

–¿En Irlanda? ¿Qué demonios hace allí?

–Eso mismo le pregunté a su gemelo. Griffin dice que Jefferson tuvo algunos problemas con un ladrón en su empresa y Garrett ha ido para investigarlo.

Qué oportuno, pensó Rafe con gran enojo. Jefferson King, uno de sus muchos primos, vivía con su esposa irlandesa en una granja del condado de Mayo. Costaba creer que Jefferson, el magnate de Hollywood, fuera feliz viviendo rodeado de ovejas en el quinto infierno, pero así era. Y si Jeff tenía un problema no había modo de saber cuándo regresaría Garrett a casa. Para los King la familia era siempre lo primero. De modo que Garrett se quedaría en Irlanda hasta que encontrara las respuestas que Jeff quería.

–Genial –gruñó, paseándose por la moderna *suite* del hotel. Siempre estaba desierta, naturalmente, y a Rafe le gustaba la soledad y comodidad que disfrutaba, pero aquella noche se le antojaba… desolada y estéril. Sus pensamientos volvían una y otra vez a casa de Katie, con su mobiliario anticuado y suelos crujientes. En aquella casa se respiraba una sensación de continuidad, como si las paredes conservaran los ecos de lágrimas y risas pasadas.

Recorrió la estancia con la mirada y, por primera vez en muchos años, sintió que carecía de algo. Irritado consigo mismo, abrió la puerta de la terraza y salió al exterior. El viento lo azotó en la cara y a sus oídos llegó el murmullo de las olas. Las farolas de la calle arrojaban círculos de luz amarilla en la playa, y en la arena había varias hogueras encendidas.

—Así que no tenemos idea de quién pudo ser el miembro de la familia que se lió con Katie.

—No —dijo Sean—. Salvo los que están casados, podría ser cualquiera.

—Eso ya lo sé —se pasó una mano por el pelo y entornó los ojos contra la brisa marina. El cuerpo se le seguía estremeciendo por el recuerdo de Katie, y aún seguía intentando comprender cómo había pasado todo tan deprisa.

—Puedo preguntar por ahí —se ofreció Sean.

—No importa. Ya lo haré yo.

—Como quieras… Oye, ¿me has conseguido las galletas?

Rafe cortó la llamada, se guardó el móvil en el bolsillo y apoyó las manos en la barandilla. Contempló las olas oscuras bajo la luz de la luna y se prometió que averiguaría quién le había hecho daño a Katie.

Unos días después Rafe seguía igual de alterado, y no había conseguido averiguar nada de sus primos. Era sorprendente cuántos miembros de la familia King pasaban el verano fuera. ¿Qué había sido de la ética profesional de los King?

Pero no sólo estaba inquieto por el nulo avance en sus investigaciones.

El verdadero motivo de sus desvelos era Katie. Sólo otra mujer aparte de ella lo había rechazado, y era Leslie. Pero al menos con ella se había casado...

—¿Va todo bien por aquí?

Rafe ocultó su irritación, apagó la lijadora eléctrica y se giró hacia Joe, el hombre que fingía ser su jefe.

—Muy bien —respondió brevemente, y apartó una puerta del armario para colocar la siguiente. El lijado era una tarea pesada y tediosa que le daba mucho tiempo para pensar. Por desgracia, sus pensamientos volvían una y otra vez a Katie.

Aquella mujer lo estaba volviendo loco, y eso jamás le había pasado. Siempre había sido él quien lo controlaba todo. Hacía lo que quería y cuando quería, sin preocuparse por la persona que pudiera interponerse en su camino. Desde Leslie, las mujeres se habían convertido en algo completamente prescindible. Una satisfacción temporal y nada más. Le hacían pasar un buen rato y luego desaparecían para siempre, sin dejar el menor rastro de su presencia.

—Hasta ahora —murmuró mientras volvía a colocarse las gafas protectoras y la mascarilla para no inhalar el serrín que flotaba en el aire.

Joe miró por encima del hombro para asegurarse de que nadie los oía.

—Oye, no sé lo que está pasando, pero acabo de

hablar de Katie y la he encontrado tan enfadada que prácticamente echaba chispas.

–¿En serio? –Rafe ocultó una sonrisa. Al menos no era el único que estaba crispado. Katie había conseguido evitarlo en los últimos días, por lo que ignoraba cómo pudiera sentirse hasta ese momento. Estar tan cerca de ella sin poder hablarle ni tocarla era una auténtica tortura, pero había conseguido mantener las distancias. Al fin y al cabo, era ella la que lo había apartado de su lado. Si quería algo, que fuese a pedírselo–. ¿Ha dicho algo?

–No le ha hecho falta –respondió Joe–. Mientras yo le hablaba de las nuevas baldosas para el suelo, ella sólo te miraba a ti.

Rafe volvió a ocultar una sonrisa de satisfacción.

–¿Vas a decirme lo que está pasando?

Miró de reojo a Joe, a quien conocía desde hacía años y en quien confiaba plenamente. Pero no le interesaba oír su opinión al respecto.

–No creo que sea asunto tuyo…

Joe se rascó la calva.

–Supongo que no. Pero tengo que mantener mi reputación con King Construction y con los clientes.

–Y lo haces –le aseguró–. ¿Cuál es el problema?

–Te conozco desde hace mucho, Rafe, y aunque no sea asunto mío, creo que deberías decirle a la chica quién eres realmente.

–Ni hablar.

Si lo había rechazado creyendo que era Rafe Cole, ¿qué haría si descubriera que su apellido verdadero era King?

79

Joe resopló con impaciencia.

–Es una buena mujer y no me gusta que la estemos engañando. Lamento haber sugerido esta apuesta.

Rafe entendía que Joe se sintiera incómodo, pero no iba a decirle a Katie la verdad. Aún no. Antes tenía que conseguir que Katie admitiera lo mucho que lo deseaba y le gustaba. Sólo entonces le contaría la verdad sobre la familia King y sobre él específicamente. Y ella tendría que reconocer que se había equivocado.

–Mira, Joe, siento que te veas en medio de esto, pero el juego ya está muy avanzado y es demasiado tarde para cambiar las reglas.

–¿El juego? ¿Se trata de un juego para ti? –entornó amenazadoramente la mirada y Rafe tuvo la impresión de que su contratista se disponía a defender el honor de Katie.

–Tranquilízate… No estoy diciendo que Katie sea un juego para mí.

La expresión de Joe se relajó un poco y Rafe siguió hablando.

–No te preocupes por esto, Joe –le dio una palmada en el hombro–. Hicimos la apuesta y la estoy cumpliendo. Y en cuanto a decirle la verdad a Katie, lo haré cuando sea el momento.

–¿Y eso cuándo será?

–De momento no –respondió Rafe en tono de advertencia–. Y no vayas a decírselo tú tampoco.

Joe masculló por lo bajo y apretó la mandíbula como si estuviera librando una lucha interna. Pero finalmente accedió de mala gana.

–De acuerdo. No le diré nada. Pero creo que te estás equivocando, Rafe. Y que vas a acabar arrepintiéndote.

–Tal vez –desvió la mirada hacia el patio, donde Katie estaba haciendo galletas. Incluso vista desde lejos era hermosa. Pero no era sólo su belleza lo que tanto lo atraía, sino también el brillo especial que iluminaba sus ojos. La certeza de que lo había deseado sin saber quién era. No quería ni esperaba nada de él, y eso era tan extraordinario en la vida de Rafe que no podía dejarla escapar así como así.

Pero no sentía ni sentiría nada más por ella. Había probado el matrimonio y había fracasado. Los King no fracasaban. Era la única enseñanza que su padre les había inculcado cuando eran críos.

Rafe estaba decidido a que su divorcio con Leslie fuera el único fracaso de su vida. No se arriesgaría a cometer otro error.

–Me arrepienta o no, no es asunto tuyo. Tú limítate a hacer tu trabajo y déjame a mí a Katie Charles.

–Muy bien. Tú eres el jefe –aceptó Joe–. Pero por muy King que seas estás cometiendo un grave error.

Se marchó a la cocina, donde Steve y Arturo estaban discutiendo amistosamente sobre el enyesado, y Rafe se quedó solo, a la luz del sol, dándole vueltas a la situación.

Tal vez Joe tuviese razón, pero a Rafe no le parecía que fuese un error mantener su identidad en secreto. De modo que seguiría con su plan original. Prefería fracasar por sus propias decisiones que tener que pagar las consecuencias de un mal consejo.

Capítulo Siete

Emily O'Hara estaba esperando a Rafe frente a la casa de Katie. Un día más, él era el último hombre en marcharse e incluso se había demorado un poco más de lo habitual, con la esperanza de que Katie volviera a tiempo de la tienda. Quería hablar con ella... entre otras muchas cosas.

Al no encontrarse Katie en casa, se sorprendió al ver a su abuela. Llevaba una camiseta holgada de color rosa y unos pantalones blancos. Unas inmensas gafas de sol con la montura roja ocultaban sus ojos, pero cuando lo oyó aproximarse se las colocó en lo alto de la cabeza. La sonrisa forzada que esbozó debería haber puesto a Rafe en alerta, pero si había algo en lo que era un experto era en las mujeres. No tenía mucha experiencia con las mujeres mayores, desde luego, pero tampoco podría ser tan difícil conquistarla con su encanto personal.

Además, la abuela de Katie le había parecido muy simpática la primera vez que la vio.

–Señora O'Hara –le dedicó una sonrisa inocente para que se sintiera más cómoda–. Katie no se encuentra en casa.

–Ya lo sé, Rafe. Es martes. Mi niña siempre va a comprar provisiones los martes. He intentado que no sea tan rígida con su rutina, pero a ella parece encantarle. Ahora que lo pienso…. Quizá no debería llamarte Rafe. A lo mejor prefiere que lo llame señor King.

Rafe sintió que se le revolvía el estómago. Aquello era lo último que se esperaba. La abuela de Katie lo había reconocido y tal vez se lo hubiera dicho a su nieta… No, no podía ser. Si se lo hubiera dicho, Rafe ya estaría sufriendo en sus carnes la ira de Katie.

–Rafe, mejor –dijo, metiéndose las manos en los bolsillos–. ¿Desde cuándo sabe quién soy?

Emily soltó una risita.

–Desde que mi Katie te presentó como Rafe Cole. Katie es una buena chica, pero está tan absorta en su negocio que no presta atención a nada más. Si leyera las revistas del corazón tanto como yo, ella también te habría reconocido –le lanzó a Rafe otra mirada escrutadora–. Aunque la verdad es que ofreces un aspecto muy diferente con vaqueros que con un esmoquin…

Qué estúpido había sido… En el último mes su foto había llenado las páginas de la prensa rosa. Los fotógrafos se habían cebado con él en una fiesta benéfica a la que asistió acompañado de una famosa actriz. Le había bastado una sola cita con Selena para constatar que no tenían nada en común.

Se sacó las manos de los bolsillos y se cruzó de brazos en un gesto típicamente defensivo. Emily podía dar una imagen amable e inofensiva, pero el brillo de los ojos advertía que era mejor andarse con cuidado.

–Así que no vas a negarlo –dijo ella.

–De nada serviría hacerlo.

–Eso es.

–¿Por qué no se lo ha dicho a Katie?

–Buena pregunta –reconoció Emily con una sonrisa–. Yo misma me la he hecho varias veces en las últimas semanas. Pero antes quería ver de lo que eras capaz.

–¿Y?

–Sigo esperando –meneó el dedo ante sus ojos como si fuera un niño de diez años y se apartó para colocarse a la sombra. Sus sandalias resonaban en el suelo de cemento–. En vez de mantenerme en vilo, ¿por qué no nos haces un favor a ambos y me dices lo que está pasando? ¿Por qué finges ser alguien que no eres?

Rafe se preguntó por un momento cómo sería tener a una mujer así en su vida. Tenía la impresión de que Emily O'Hara protegería a Katie con uñas y dientes. No quería ser grosero, pero tampoco iba a confesárselo todo.

–En pocas palabras… perdí una apuesta y tengo que hacer este trabajo. Es más fácil hacerlo como un don nadie que como uno de los jefazos.

–Eso explica por qué no se lo has dicho a tu equipo –dijo ella–. Pero no explica por qué le mientes a Katie.

–No.

–¿Por qué?

La expresión de Emily dejaba muy claro que no iba a marcharse de allí sin respuestas. A Rafe no le gustaba nada tener que justificarse, pero si había algo que respetaba era la lealtad, y algo le decía que la mujer que tenía delante era extremadamente leal.

–Katie me gusta, pero odia a muerte a los King. No puedo decirle que soy uno de ellos.

–¿Nunca?

–En algún momento tendré que decírselo –admitió él–. Pero será cuando y como yo elija.

–¿Y eso cuándo será, exactamente?

Rafe la miró a los ojos y se sorprendió de haberla considerado una dama simpática y afable. La abuela de Katie tenía una voluntad inquebrantable. Él era un King. No daba explicaciones ni se disculpaba ante nadie. Y no se encogía ante la mirada censuradora de una abuela.

–Cuando la haya convencido de que no todos los King son unos canallas... Cuando consiga gustarle lo suficiente, se lo contaré todo, le demostraré que estaba equivocada y saldré de su vida.

Emily parpadeó perpleja y sacudió la cabeza.

–¿Eso es todo lo que piensas hacer?

–¿Hay algún problema?

–¿Uno solo?

A Rafe no le importaba lo que ella pensara de su plan. Iba a llevarlo a cabo fuera como fuera. Pero entonces otra idea le cruzó la cabeza y se preguntó por qué no se le había ocurrido antes. Podría haberse ahorrado muchos problemas, y también a Sean.

–Usted sabe qué miembro de la familia King le hizo daño a Katie, ¿verdad? –le preguntó a Emily.

Ella frunció el ceño tan ferozmente que Rafe se alegró de no ser él a quien iba dirigida su ira.

–Sí.

–Dígamelo –le pidió Rafe–. Dígame quien es. Me está costando muchísimo averiguarlo.

–¿Y a ti qué más te da?

–Quiero saber quién le hizo daño para hacérselo pagar.

–¿A un miembro de tu propia familia? –preguntó Emily con asombro.

También Rafe estaba sorprendido de sí mismo. Los King siempre habían formado un clan y podían ser terribles si alguien atacaba a uno de ellos. Las peleas en el seno de la familia eran frecuentes, pero ninguno le daba jamás la espalda a otro.

–Sí –afirmó. Fuera o no su primo, o su hermano, Rafe iba a hacer que aquel tipo lamentase haber hecho daño a Katie.

–¿Por qué? –volvió a preguntarle Emily.

Rafe se rascó la nuca y apretó los dientes. No estaba seguro de por qué le importaba tanto. La única explicación posible era que no le gustaba que Katie odiase a los King.

–Hace muchas preguntas.

–Así es. ¿Y las respuestas?

Rafe volvió a mirarla a los ojos y se preguntó si Katie sería tan formidable como ella cuando tuviese su edad. Seguro que sí. Como los King siempre decían, se llevaba en la sangre. Y una parte de él quería estar con Katie cuando fuera una anciana implacable y sagaz.

Rechazó rápidamente la idea. El compromiso y la estabilidad no estaban hechos para él.

—No sé por qué me importa tanto —respondió—. Sólo sé que me importa. No me gusta que alguien de mi familia le haya hecho daño ni me gusta que odie a todos los King por culpa de uno solo. Dígame su nombre para que pueda ocuparme de él y desapareceré de la vida de Katie antes de lo previsto.

Emily le dedicó una sonrisa y sacudió enérgicamente la cabeza.

—¿Sabes qué? Creo que no te lo diré.

—¿Por qué no?

—Porque prefiero ver en qué acaba tu plan. Mi Katie sabe cuidar de sí misma. Aquel hombre le hizo daño, pero no le destrozó el corazón. ¿Sabes por qué? Porque ella simplemente… creía estar enamorada. No lo olvides, Rafe.

Durante unos segundos Rafe no supo qué contestar.

—De acuerdo, no lo olvidaré.

—Bien. Ahora he de irme, porque tengo una cita —se giró para marcharse, pero volvió a mirarlo y lo apuntó con el dedo—. Una cosa más…

—¿Qué?

Emily entornó los ojos y su rostro adquirió una expresión sobrecogedora.

—Si le rompes el corazón, te daré caza como a un perro y lamentarás haber puesto un pie en casa de Katie. ¿Te ha quedado claro?

Rafe asintió, maravillado por el coraje y la lealtad de aquella anciana. No podía evitar sentir envidia de Katie por tener a alguien que la quisiera tanto. A él nunca lo habían querido de esa manera.

Contaba con la lealtad de sus hermanos y primos, pero su madre sólo lo había usado como moneda de cambio para sacarle a Ben King todo el dinero posible. Su tía sólo lo había criado por cumplir con su deber. Pero Rafe no sentía lástima de sí mismo. Las cosas eran como eran. Y se las había arreglado muy bien solo.

–Sí.

–Estupendo –Emily se colocó las gafas de sol y le dedicó una última sonrisa–. Nos llevaremos bien siempre que nos entendamos…

Se despidió con la mano y se subió a un escarabajo amarillo aparcado en la calle. Unos segundos después había desaparecido de la vista.

La charla con Emily lo había afectado bastante. Al contarle su plan se había dado cuenta de lo absurdo que era realmente. De repente, la mentira en la que había invertido tanto tiempo y esfuerzo se transformó en una soga alrededor del cuello que le impedía respirar.

Y lo peor era que no sabía qué hacer.

A la mañana siguiente Katie tenía otros muchos pedidos que atender. En cualquier otra circunstancia le habría encantado entregar ella misma unas galletas sorpresa y ver la reacción de la gente a sus elegantes creaciones. Desde que su negocio empezó a prosperar, apenas le quedaba tiempo para ocuparse de las entregas en persona. Normalmente tenía a una chica que se hacía cargo de ello. A ella le ahorraba mucho tiempo y Donna ganaba más dinero que como canguro.

Pero Donna estaba de vacaciones con su familia y a Katie no le quedaba más remedio que cargar el coche con los pedidos de la semana. Las cajas de galletas se alineaban en el maletero junto a torres de galletas y tartas de galletas, todas ellas glaseadas y personalizadas. El orgullo la invadía cada vez que contemplaba el fruto de su trabajo. Había levantado aquel negocio desde cero y tenía grandes planes para el futuro.

–Una razón más para alejarme de Rafe.

Era demasiado viril para poder resistirse a sus encantos, y ella no podía permitir que nada la distrajera de sus objetivos. Ya había sucumbido a sus hormonas, pero no iba a perder la cabeza. De modo que dejaría de pensar en él, aunque no fuera fácil, y se dedicaría por entero a su negocio. Quería seguir creciendo y abrir una tienda de galletas, tener varias cocinas, contratar personal, expandir su clientela y atender pedidos *online.*

Nada ni nadie iba a impedir que hiciera realidad sus sueños.

El aroma a vainilla, chocolate y canela impregnaba el vehículo y hacía sonreír a Katie a pesar de sus pocas horas de sueño. Pero no sólo la preparación de las galletas la había mantenido en pie casi toda la noche, porque cuando finalmente se acostó se vio invadida por las imágenes y recuerdos de Rafe. Era difícil no pensar en él cuando lo veía un día tras otro. Sobre todo porque su cuerpo parecía decidido a recordarle lo que había vivido entre los fuertes brazos de Rafe.

–¿Necesitas ayuda?

Katie dio un respingo y se volvió hacia el hombre en quien estaba pensando.

–Me has asustado.

–Lo siento –sonrió–. Te he llamado pero no me has oído.

No, no lo había oído. Había estado demasiado ocupada recordando el tacto de sus manos en la piel. El sabor de su boca. La lenta penetración de su cuerpo…

–Sólo estaba pensativa –dijo con una sonrisa forzada.

–Ya lo veo –repuso él, mirando el maletero del coche–. Parece que has estado ocupada.

–Mucho –se giró para levantar la última caja, llena de galletas rosadas con forma de sonajero.

–Déjame a mí –Rafe se adelantó y agarró la caja antes de que ella pudiera detenerlo.

A pesar de la tensión que sentía al estar cerca de él, Katie agradeció que estuviese allí. Tenerlo de nuevo cerca de ella y sentir el calor que emanaba de su cuerpo era una tentación demasiado grande. Rafe tenía un aspecto irresistible. Con sus vaqueros descoloridos y su camiseta azul con el logo de King Construction. Y olía deliciosamente bien, gracias al jabón de su ducha matinal. Era una fragancia tan embriagadora que Katie sintió el deseo de echarle los brazos al cuello y besarlo.

Sofocó rápidamente el impulso. Estaba tan cansada que no podría resistirse a los instintos más básicos que le despertaba aquel hombre.

Y además tenía unas entregas que realizar.

–Gracias.

Rafe dejó la caja en el maletero y miró a Katie.

–¿Estás bien?

–Sí. Sólo estoy cansada.

Él frunció el ceño y desvió la mirada hacia las galletas.

–¿Vas a entregar todas estas galletas tú sola?

Katie bostezó y asintió.

–Lo siento… Sí. Mi repartidora está fuera.

–Ni siquiera puedes mantener los ojos abiertos.

Para demostrarle que estaba equivocado, Katie abrió los ojos todo lo que pudo e intentó ignorar el intenso escozor.

–Estoy bien, de verdad. Acabaré con esto en un par de horas y me echaré una siesta.

Del interior de la cocina llegó el estridente sonido de una sierra.

–Quizá no pueda echarme esa siesta –añadió con una sonrisa.

Rafe no sonrió.

–No vas a ir a ninguna parte.

–¿Cómo dices?

–Si intentas conducir en este estado acabarás matando a alguien. O a ti misma.

–No exageres –cerró la puerta del maletero–. Puedo cuidar de mí misma.

–Por supuesto… Cuando estás despierta.

–No soy responsabilidad tuya, Rafe –protestó

mientras reprimía otro bostezo. Otra razón por la que no podrían haber funcionado como pareja. Él era demasiado mandón y ella demasiado testaruda.

Estaba realmente cansada. Se le escapó otro bostezo y los ojos de Rafe se tornaron amenazantes. Perfecto. Acababa de darle la munición para rematarla.

–Oye, agradezco tu preocupación, en serio. Pero estoy bien y los dos tenemos trabajo que hacer, así que ¿qué tal si nos ponemos manos a la obra?

–Me parece que no –Rafe agarró las llaves del coche y las sostuvo fuera del alcance de Katie–. No voy a permitir que conduzcas medio dormida.

–¿Cómo que no vas a permitírmelo? No puedes prohibirme que lo haga. Es mi coche y es mi trabajo, y te digo que me encuentro bien para conducir.

–Te equivocas –miró por encima del hombro a la casa–. Espera aquí.

La indignación se mezcló con la irritación y el cansancio. Estaba agotada, de acuerdo, pero no era un peligro al volante. No era ninguna idiota, y no se atrevería a conducir si no estuviese segura de sus capacidades.

Pero no podía hacer nada, puesto que Rafe se había llevado las llaves. Estuvo dando vueltas en el garaje, mascullando para sí misma y frotándose los ojos. Sólo habían compartido una noche y Rafe ya se comportaba como un cavernícola. Menos mal que había decidido guardar las distancias, porque no se atrevía a imaginar cómo sería si tuviesen una relación seria…

Pero al pensar en ello sintió una corriente de calor en el estómago. ¿A quién pretendía engañar? Le encantaría que alguien se preocupara por ella. La idea de que un hombre velara por su seguridad le resultaba muy bonita.

Pero cuando Rafe volvió lo recibió con un tono exageradamente hostil.

–Dame las llaves.

–Ni hablar –la agarró con firmeza del brazo y abrió la puerta del copiloto–. Sube.

Katie se zafó de su agarre y dio un paso atrás.

–No tiene gracia, Rafe.

–Desde luego que no la tiene. Eres demasiado autosuficiente para tu propio bien.

–¿Qué quieres decir con eso?

–Que estás tan obcecada en hacerlo todo tú sola que ni siquiera pides ayuda cuando la necesitas.

–No necesito ayuda, y si la necesitara no te la pediría a ti.

–¿Por qué no?

–Porque no estamos juntos, y porque tú deberías estar trabajando en la cocina.

–Podríamos estar juntos si no fueras tan cabezota.

–No vamos a ir a ningún sitio juntos –protestó ella. Sintió que otro bostezo crecía en su interior y apretó fuertemente los labios para sofocarlo.

–Buen intento, pero lo he visto –observó él.

–Eso no significa nada.

–Maldita sea, Katie… Aunque no quieras mi ayuda, al menos podrías admitir que estás demasiado cansada para pensar con claridad y conducir.

Katie probó con otra táctica.

–Rafe –le dijo con una voz tranquila y pausada, ocultando la irritación–. Estoy bien. De verdad.

No había acabado de decirlo cuando volvió a bostezar.

–Claro que sí… Vamos, sube. Yo conduzco.

–¿Tú? –miró hacia la cocina, donde el resto del equipo estaba haciendo Dios sabía qué–. No puedes ausentarte del trabajo.

–Les he dicho a los chicos que le digan a Joe que tengo que ayudarte y que volveré en un par de horas.

–No puedes hacerlo –¿y si lo despedían por su culpa?

–Sí que puedo.

Katie no le había pedido ayuda. Se la había ofrecido él por su cuenta. Y existía una ligera posibilidad de que tuviera razón y ella estuviese demasiado cansada para conducir por toda la ciudad. Pero al mismo tiempo no le parecía bien que la llevara en coche a hacer las entregas.

–Deberías saber que nunca desisto de mi propósito –le dijo él.

–Yo tampoco.

–Pues tenemos un problema.

–¿Qué problema? –preguntó ella con una sonrisa.

Rafe respiró profundamente.

–¿Vas a subirte al coche o te subo yo?

Katie le lanzó una mirada de advertencia.

–Muy bien, lo admito… Puede que esté un poco cansada para conducir.

Él sonrió y ella se estremeció de la cabeza a los pies ante aquella sonrisa letal.

–Y ahora que nos hemos puesto de acuerdo...
¿te importaría subir al coche, por favor?

Katie esbozó una media sonrisa; asintió y subió
al asiento del copiloto.

–Gracias.

–No hay de qué –cerró la puerta y rodeó el vehículo para sentarse al volante–. ¿Cómo te sientes en nuestra segunda cita? –le preguntó tras introducir la llave en el contacto.

–¿Repartir galletas es una cita?

–Si a nosotros nos lo parece, lo es –arrancó el motor y volvió a mirarla–. ¿Lo es?

Katie lo miró y pensó en la noche que habían compartido, en los días que había estado tan cerca y en los sueños y fantasías que la acosaban sin descanso.

¿Estaría siendo una idiota por rechazar al primer hombre decente que había conocido en mucho tiempo? Podía ser un poco mandón, pero no era para tanto. ¿Tan horrible sería volver a arriesgarse y pasar más tiempo con Rafe para comprobar si los sentimientos que ya albergaba hacia él seguían creciendo? Seguro que podía dedicarse a su trabajo y al mismo tiempo tener una vida personal, como intentaban convencerla su abuela y Nicole.

–No es una cita a menos que haya un café, por lo menos.

Rafe le dedicó una sonrisa triunfal.

–Marchando un café con leche.

Capítulo Ocho

Una hora y media después, Katie parecía un poco más despierta y Rafe se lo pasaba estupendamente.

–No me extraña que te guste hacer esto –dijo al subirse al coche tras la última entrega–. La gente se pone como loca cuando ve que le llevas galletas.

Katie sonrió.

–¿Cómo han recibido las galletas de sonajero?

Rafe le mostró un billete de cinco dólares.

–¡Me han dado una propina!

Parecía tan entusiasmado que Katie también rió.

–Enhorabuena… Eres todo un recadero.

–También se ha echado a llorar al ver las galletas que su amiga encargó –dijo Rafe, entregándole el billete–. Ha sido muy emocionante. Y muy divertido.

Katie le dio una palmadita en el brazo.

–No es a lo que estás acostumbrado en tu trabajo de carpintero, ¿eh?

–No –respondió él simplemente, mirándola a sus ojos verdes. Parecía tan complacida que Rafe se sintió como un sinvergüenza por mentirle.

Pensó en la conversación con la abuela de Katie y se dio cuenta de que Emily estaba en lo cierto. Al principio no le había importado engañar a Katie, pero a medida que pasaban los días le resultaba más difícil hacerlo. Hasta ese momento no había considerado la posibilidad de mantener el contacto con ella cuando acabara el trabajo. Ahora, en cambio, tenía muy claro que no quería que Katie saliera de su vida. Quería seguir viéndola. Y las posibilidades de que eso ocurriera eran escasas.

Se imaginó contándole la verdad en aquel preciso instante. Se imaginó la expresión de Katie al enterarse de que él no era el hombre que ella creía.

Katie no estaba preparada para saber la verdad.

—¿Cómo te sientes? —le preguntó, cambiando de tema.

—Un poco más despierta, gracias. El café me ayudó.

—No lo bastante —Katie tenía ojeras y la piel muy pálida—. Aún pareces cansada.

—¿No tengo buen aspecto? —preguntó con ironía.

—Eres preciosa —le dijo en voz baja, y las dos palabras parecieron resonar en el aire que los rodeaba. Rafe se reprendió a sí mismo por haberlas pronunciado. Había sido una reacción estúpida.

—Rafe…

—No —la hizo callar antes de que pudiera recordarle que no había nada entre ellos. Se acercó y le tocó la mejilla. Podía sentir la reacción de Katie a su proximidad. Su piel estaba cálida y sus ojos despedían un brillo de deseo—. Déjame que te…

Ella suspiró y lo recibió. A Rafe le invadió un inmenso alivio al besarla.

El primer roce de los labios de Katie disipó sus temores, pero volvió a prender las ascuas que habían quedado de la única noche que pasaron juntos. A Rafe se le aceleró el corazón. Quería recorrerla con las manos, tenerla debajo y encima de él. Quería que su cuerpo se rindiera a los envites de la pasión descontrolada. Pero sabía demasiado bien que en aquellos momentos no podía tener todo lo que deseaba. Y cuanto más la besara menos querría parar, de modo que se apartó mientras le era posible.

Apoyó la frente en la de Katie y esperó a recuperar el control de su cuerpo, algo difícil cuando la respiración acelerada de Katie le demostraba que tampoco ella era inmune al deseo. Dejó pasar unos instantes más y la miró a los ojos con una sonrisa.

–Te dije que no habíamos acabado…

–¿Crees que es el momento para los reproches?

–¿Qué momento mejor que éste?

–Eres imposible.

–Me gusta –le acarició el pelo hasta llegar a la nuca, que le masajeó suavemente.

–No me digas… –murmuró ella con un suspiro.

–¿Vamos a discutir otra vez? Te advierto que acabo disfrutando mucho con nuestros… desacuerdos.

–A lo mejor más tarde –le puso una mano en la mejilla.

–Al menos admites que habrá un «más tarde».

–Sí –asintió lentamente, sin apartar la mirada de la suya–. Lo habrá.

–Esta noche –dijo él–. Quiero verte esta noche.

–Está bien. ¿Otra barbacoa?

–Creo que esta vez dejaremos que cocine otro… Te recogeré a las siete. Ponte algo elegante. ¡Ah, y échate una siesta! Quiero que estés bien despierta.

Cuando Rafe volvió al hotel, supo que había alguien allí en cuanto entró en la habitación. El bolso de diseño sobre el sofá y los zapatos de tacón bajo la mesita no dejaban lugar a dudas.

Intentó recordar si había concertado alguna cita para esa noche, pero no había salido con nadie desde Selena. Entonces, ¿quién demonios estaba allí?

–¿Rafe? ¿Eres tú?

La voz familiar le provocó una mezcla de dolor y remordimiento, pero la reprimió y consiguió esbozar una media sonrisa cuando su exmujer entró en el salón desde el balcón.

–Leslie… ¿Qué haces aquí?

–Ya sé que debería haber llamado antes de venir.

–Sí, habría estado bien –confirmó él.

Leslie permaneció donde estaba, ante la puerta del balcón. La luz del atardecer realzaba su perfecta silueta, algo de lo que ella era sin duda consciente. Siempre había sabido ofrecer el aspecto más deslumbrante posible. Era una mujer muy hermosa, segura de sí misma y la única en el mundo que le había dicho a Rafe que no era lo bastante bueno.

–¿Cómo has entrado?

–Oh… –se encogió de hombros–. Declan me dejó entrar para esperarte aquí.

Rafe se dijo que tendría una pequeña charla con Declan.

–Aún no me has dicho qué haces aquí.

Leslie frunció el ceño sin llegar a afear el semblante, pero Rafe captó el mensaje. Nunca había tenido problemas para hacerle ver a Rafe que la había decepcionado.

–Siempre fuiste un hombre directo –murmuró.

–Que yo recuerde, es una de las muchas cosas que no te gustaban de mí.

Los labios de Leslie se apretaron en una fina línea, pero enseguida volvieron a curvarse.

–Míranos. Hace años que estamos divorciados y nos seguimos tratando como si fuéramos enemigos.

Era cierto. Leslie ya no formaba parte de su vida y sin embargo seguía tensándose en su presencia.

–¿Por qué has venido?

–¿La verdad? –sacudió la cabeza–. No lo sé… Pero no tenía otro sitio adonde ir.

Tomó aire y dejó que las lágrimas afluyeran a sus ojos. El corazón de Rafe se endureció al recordar todas las veces que Leslie había recurrido al llanto, ya fuera para evitar una discusión o para hacerle ver que era un canalla egoísta.

–Oh, Rafe… –susurró con la voz rota–. No quería venir a aquí, de verdad que no, pero no tenía elección…

–Dime qué ha pasado.

–Se trata de John –dijo ella, y Rafe sintió una punzada de preocupación. Al fin y al cabo, John había sido su mejor amigo antes de casarse con Leslie.

–¿Se encuentra bien?

–Está bien de salud, pero ha perdido su trabajo y no sé qué hacer.

Rafe se compadeció de su viejo amigo. Él y John se habían conocido en la universidad y habían sido amigos inseparables hasta que Leslie se interpuso. Rafe echaba de menos esa amistad mucho más de lo que lamentaba haber perdido a Leslie.

–¿Y qué tiene que ver conmigo? –puso una mueca al oírse y supo que había hablado con más crueldad de la que pretendía.

–No tienes por qué ser tan desagradable –lo acusó.

Rafe suspiró y miró el reloj. Quería darse una ducha, vestirse y recoger a Katie. Leslie era el pasado y él estaba deseando vivir el presente.

De manera que, en vez de prolongar la conversación, fue directamente al grano.

–Leslie, eres mi exesposa y estás casada con mi examigo. ¿Qué compasión esperas de mí?

–Sabía que no lo entenderías.

–Tienes razón –corroboró él, dirigiéndose hacia el minibar. Le apetecía una cerveza–. No lo entiendo.

Ella se acercó y le pidió una copa de vino. Rafe se la sirvió y Leslie tomó un pequeño sorbo.

–Necesito dinero.

Rafe estuvo a punto de sonreír. Debería habérselo imaginado. La gente siempre quería dinero de los King.

–¿Sabe John que estás aquí?

–Claro que no. Sería muy humillante para él.

Desde luego, pensó Rafe. Su examigo se quedaría horrorizado si se enterara de que Leslie estaba pidiéndole ayuda a él.

–Sólo por curiosidad… Supongamos que te doy

el dinero que necesitas… ¿Cómo se lo explicarías a John?

–Encontraré la manera de hacerlo –aseguró ella–. Puedo ser muy persuasiva.

–Sí, lo recuerdo muy bien –murmuró Rafe.

Miró a su exmujer y la comparó con Katie Charles. Katie, con sus suaves cabellos, sus vaqueros desteñidos y unos brillantes ojos verdes que jamás ocultaban lo que estaba sintiendo.

Leslie era todo frialdad y elegancia. Katie era calor, pasión y…

–Rafe, no habría venido si no fueses mi última esperanza –la voz de Leslie interrumpió sus pensamientos.

–Ya lo sé –volvió a pensar en Katie y se preguntó qué haría ella si estuviese en el lugar de Leslie. No le gustaba imaginarse a Katie en problemas. Y no quería reconocer que no le gustaría nada que ella no recurriese a él en caso de apuro.

Pero entonces pensó en lo duro que trabajaba Katie para ganarse la vida y labrarse un futuro haciendo lo que más le gustaba. Haría lo que tuviera que hacer para valerse por sí misma. Y Leslie estaba haciendo lo mismo en aquellos momentos. Nunca le pediría ayuda si no estuviera realmente desesperada.

Por culpa de Katie sentía compasión hacia su exmujer. ¿Qué demonios le estaba pasando?

No importaba el amargo final que hubiese tenido su matrimonio. Rafe sabía que no podía negarle ayuda a Leslie. Tal vez fuese la prueba de que por fin estaba olvidando el pasado.

–Llama a Janice, mi secretaria –le dijo–. Ella te dará la cantidad que necesites.

Leslie dejó escapar un suspiro de alivio y le ofreció una radiante sonrisa.

–Gracias. Pensaba que no me ayudarías.

–Y aun así me lo has pedido.

–Tenía que hacerlo –dijo ella con una expresión tranquila y honesta–. No soporto ver a John angustiado.

–Lo quieres de verdad.

–Sí.

Extrañamente, la afirmación no le dolió a Rafe en absoluto. Ya no. Y si era del todo sincero consigo mismo, tenía que admitir que fue su orgullo y no su corazón lo que más sufrió cuando Leslie lo abandonó.

¿Tendría razón Leslie al decir que no era capaz de amar?

–Les, cuando estábamos casados… –examinó la botella de cerveza como si en la etiqueta pudiera encontrar las palabras adecuadas–, ¿me quisiste de esa misma manera? ¿Me habrías protegido si lo hubiera necesitado?

–Tú no me necesitabas, Rafe –le dijo ella suavemente–. Nunca necesitaste a nadie.

–Pero te quería.

Ella sonrió y negó con la cabeza.

–No, no me querías.

Rafe volvió a irritarse.

–Creo que conozco mis emociones, ¿no?

–No te ofendas –lo tranquilizó ella–. Sé que me

103

tenías afecto, pero no me amabas, Rafe. Y yo me cansé finalmente de intentar llegar hasta ti.

–Recuerdo que me dijiste que era incapaz de amar.

Leslie parpadeó con asombro.

–No, no te dije eso.

–Claro que sí.

–Por amor de Dios, Rafe, ¿por qué iba a decirte algo así?

–Qué curioso, yo mismo me he hecho esa pregunta unas cuantas veces.

–¿Lo ves, Rafe? Esta es una de las muchas razones por las que lo nuestro no funcionó… Nunca me escuchabas. Yo no te dije que fueras incapaz de amar. Te dije que eras incapaz de amarme a mí.

Leslie ladeó ligeramente la cabeza y le puso una mano en el brazo.

–¿Quién es ella?

–¿Qué? –se puso automáticamente en guardia y adoptó una expresión impenetrable.

–Vaya… –murmuró Leslie–. Te sigue resultando muy fácil hacerlo.

–¿Hacer qué?

–Levantar un muro infranqueable en cuanto alguien intenta acercarse más de la cuenta. Era algo que me sacaba de mis casillas –admitió–. Parecías estar constantemente en alerta, esperando recibir un ataque para poder defenderte.

Rafe se resintió por la descripción, pero no podía rebatirla.

–No lo hagas con ella, Rafe –le dijo Leslie–. Sea

quien sea, no lo hagas. Déjala entrar en tu corazón. Arriésgate a ser feliz.

–Mi historial no es muy alentador.

–No necesitas un historial para amar a alguien… Necesitas que ese alguien sea la persona adecuada.

–¿Como John?

–Para mí, sí –retiró la mano de su brazo–. John te echa de menos. No tenías que romper vuestra amistad por lo que pasó entre nosotros, Rafe.

¿Cómo podía mirar a su amigo sin pensar en lo ocurrido? John había triunfado donde él había fracasado: en hacer feliz a Leslie. Pero los últimos minutos con Leslie le habían hecho darse cuenta de que el resentimiento había desaparecido. Leslie había vuelto a casarse, era feliz y era madre. Había seguido con su vida. Tal vez fuera el momento de que él hiciera lo mismo. ¿Por qué tenía que permitir que un solo fracaso condicionara el resto de su vida?

–Yo también echo de menos a John –admitió finalmente, sin que la confesión le dejara un amargo sabor de boca–. ¿Cómo están los niños?

El rostro de Leslie se iluminó.

–Perfectamente. ¿Quieres ver sus fotos?

–Claro.

Leslie agarró rápidamente su bolso y sacó la cartera, de la que extrajo unas fotos de dos niños preciosos. Al mirar sus caritas radiantes Rafe sintió una punzada de envidia.

–Son muy guapos.

–Son maravillosos –afirmó Leslie–. Y John es un gran padre.

–Me alegro por ti –le dijo. Siempre que pensaba en Leslie sentía una vieja tristeza y el peso del error. Pero ya no. Ahora sólo podía pensar en Katie Charles.

Leslie era el pasado. ¿Sería Katie el futuro?

–¿Estás bien?

–¿Qué?

Leslie lo observó con suspicacia.

–Parecías preocupado por algo.

–No, no. Estoy bien –se calló un momento antes de hacer una confesión que lo sorprendió a él mismo–. Me alegro de que hayas venido, Leslie.

–¿Sí? –sonrió–. Hace un año no habrías dicho algo así.

–Cierto. Pero ahora puedo decirlo.

–Esa mujer misteriosa debe de ser realmente especial.

–Sí que lo es –dijo en tono pensativo mientras iba desprendiéndose de las últimas cadenas del pasado.

–Pues no lo fastidies, Rafe. Por tu propio bien, déjala entrar en tu vida.

Ya lo había hecho. Sin pretenderlo y sin ser consciente. Pero de alguna manera Katie había sorteado sus defensas.

–Tengo que irme –dijo Leslie. Agarró el bolso y se puso los zapatos—. Gracias otra vez, Rafe. Y no dudes que te devolveré el dinero.

–Tranquila. Llama a Janice mañana.

–Lo haré. Y por favor, no te enfades con Declan por dejarme entrar. No volverá a pasar.

Él asintió mientras la veía prepararse para volver a su vida y a su mundo.

–Una cosa más… –dijo ella con voz suave–. Siento la forma en que acabamos.

Rafe la miró y comprobó que su sonrisa era sincera. Podía mirarla y ver más allá de sus propios fracasos y decepciones. Se habían acabado los malos sentimientos. El pasado quedaba atrás y dejaba detrás de sí una paz que Rafe nunca había sentido. Se le pasó una idea por la cabeza y la soltó sin dudarlo.

–Nos vendría bien contar con otro abogado en King Construction… Dile a John que me llame.

–Le encantaría volver a hablar contigo, Rafe. Aunque no sea por una oferta de trabajo.

–A mí también –admitió él.

Leslie se marchó y Rafe se permitió unos segundos para deleitarse con la extraña sensación que lo embargaba. Empezaba a darse cuenta de que, tal vez, el matrimonio con Leslie había estado condenado desde el principio. Él nunca había intentado que funcionara porque se había casado con ella por las razones equivocadas.

Los dos habían sido demasiado jóvenes para saber lo que querían realmente, y demasiado estúpidos para saber que el matrimonio no era el resultado natural de estar saliendo durante un año. Rafe se había lanzado a ciegas, aunque una parte de él sabía que no estaba haciendo lo correcto.

El problema era que con Katie no sentía lo mismo. Estar con ella le parecía lo mejor que podía hacer en su vida. Pero ¿seguiría pareciéndole lo mismo cuando ella supiese la verdad?

Capítulo Nueve

Después de una larga siesta reparadora, Katie se sentía llena de energías y un poco nerviosa por la inminente cita con Rafe. De modo que buscó apoyo moral mientras iba de compras.

–No pretenderás comprar eso, ¿verdad? –le preguntó Nicole con una mueca–. No tienes cincuenta años, Katie.

Katie miró el vestido que se había probado y frunció el ceño. Era un precioso vestido de seda color beis, con cuello alto, mangas largas y una falda larga que se arremolinaba alrededor de sus rodillas cuando se giraba frente al espejo.

–Es muy bonito.

–Es horrible –arguyó Nicole mientras le daba a Connor una botella de zumo.

–¡Bonito! –exclamó el pequeño, pataleando en su cochecito.

–A Connor le gusta –observó Katie.

–No le gustará cuando tenga treinta años –Nicole sacudió la cabeza y agarró un vestido del perchero–. Pruébate este. Es de tu talla.

–Es negro.

–¿Y qué?

Katie suspiró.

—Está bien. Enseguida salgo.

Se quitó el vestido beis y lo colgó con cuidado en la percha.

—¿Estás segura? —le preguntó a Nicole desde el probador—. El beis es muy elegante.

—Pruébate el negro —le ordenó Nicole al otro lado de la puerta—. Confía en mí.

Katie se resignó y se puso el vestido negro. Al subirse la cremallera y mirarse al espejo pensó en comprarse un jersey inmediatamente.

—No puedo llevar esto —se quejó, mirando su reflejo como si fuera una desconocida—. No soy yo…

—Déjame ver.

Katie abrió una minúscula rendija, pero su amiga no estuvo conforme y abrió la puerta del todo. Al verla, abrió los ojos como platos y sonrió.

—Fantástico…

Incómoda, Katie volvió a mirarse al espejo. El vestido dejaba a la vista más piel de la que cubría y apenas le llegaba a la mitad del muslo. Dos finos tirantes negros cruzaban los hombros desnudos, y el escote era tan pronunciado que exhibía una generosa porción del pecho. La tela moldeaba su figura y definía unas curvas de las que ni siquiera había sido consciente.

—Estás increíble —le dijo Nicole.

—No puedo ponerme esto, no es mi estilo —intentó tirar del corpiño hacia arriba.

—Por eso precisamente deberías ponértelo —opinó. Buscó la mirada de Katie en el espejo—. Tienes que recuperar la confianza que Cordell te arrebató.

–Es verdad –admitió Katie, aunque había sido ella misma la que permitió que eso sucediera. Se pasó una mano por la parte frontal del vestido y examinó su imagen en el espejo mientras su amiga seguía hablando.

–Si sigues encerrada en tu cascarón estarás permitiendo que él controle tu vida, ¿es que no lo ves?

–Sí, pero…

–No hay peros que valgan –Nicole sacudió enérgicamente la cabeza–. Confía en mí. Sé lo que es perder la seguridad en una misma. Recuerda que mi marido me abandonó cuando me quedé embarazada.

–Nicole…

–Ni una palabra de compasión –le advirtió ella–. Aquello ya está superado. Lo que quiero decir es que tú también deberías superar lo de Cordell.

–Lo he superado, en serio –le aseguró Katie, y no mentía. Los lamentos se habían acabado en cuanto conoció a Rafe.

Uno solo de sus besos bastaba para que Katie se olvidara del resto del mundo. El corazón se le aceleró y se le formó un nudo en la garganta al pensar en la expresión de Rafe cuando la viera con aquel vestido.

–Entonces ¿a qué estás esperando? –la apremió Nicole. Las dos amigas estaban una junto a la otra frente al espejo, con un niño pequeño sonriendo entre ambas–. Si de verdad te has olvidado de aquel cerdo, ponte el vestido esta noche y deja a Rafe sin habla.

Katie se sonrió a sí misma en el espejo. Se irguió lentamente y dejó que la vergüenza inicial se deslizara por sus hombros y cayera a sus pies. La verdad era que tenía un aspecto deslumbrante que sería una lástima no aprovechar. Y ocultar lo que sentía por Rafe no haría que dejara de sentirlo.

«¿Vas a estar sola el resto de tu vida, Katie?», le preguntó a su reflejo.

No. De ningún modo. No quería quedarse sola. Nunca lo había querido. Desde que era niña soñaba con tener su propia familia. Su madre y su abuela le habían hablado de sus grandes amores y cómo no cambiarían ni un solo minuto de sus vidas, ni siquiera para ahorrarse el dolor que les supuso perderlos.

¿Qué vería ella cuando mirase atrás además de sus recetas?

–¿Por qué nunca me había dado cuenta hasta ahora de que me estoy escondiendo? No hice nada malo. Sólo tuve la mala suerte de encontrarme con una manzana podrida en el jardín del amor.

Nicole se echó a reír y su hijo la imitó.

–Bonita forma de definirlo.

Katie se iba sintiendo más y más fuerte y segura a cada momento. Tuvo la revelación de su vida. Por muy dolorosa que fuese una experiencia, no podía impedir que volviera a arriesgarse a ser feliz.

Fue como si la antigua Katie se abriera camino hasta la superficie y reclamara su autoridad frente a la Katie dudosa y cobarde que se la había usurpado hasta entonces.

–¿Quién no se equivoca de vez en cuando con los hombres?

–A mí me lo vas a decir… –dijo Nicole.

–¡Es verdad! –exclamó Katie–. ¡Tu marido también fue un cerdo!

–¿Tienes que decirlo con tanto entusiasmo? –le preguntó Nicole, riendo.

–Lo siento –se disculpó Katie–. Pero acabo de darme cuenta de que el problema no soy yo. Nunca lo he sido. Me equivoqué de hombre, ¿y qué? ¡Eso no significa que vaya a equivocarme de nuevo!

–No.

Katie se giró de nuevo hacia el espejo, se olvidó del soso vestido beis y admiró el sensual aspecto que le confería el vestido negro. Se miró desde todos los ángulos y finalmente asintió con decisión.

–Tenías razón, Nicole. Este vestido es perfecto. Rafe se va a quedar de piedra.

–Esperemos que todo el cuerpo se le quede de piedra –dijo ella con una pícara sonrisa.

–También necesito unos zapatos de tacón.

–Vas aprendiendo –le dijo Nicole.

Katie se imaginó la reacción de Rafe y sonrió con satisfacción. La hora de ocultar sus sentimientos y de intentar protegerse había pasado. Aquella noche iba a ser el punto de inflexión. Un mundo de nuevas y excitantes posibilidades se abría ante ella.

El restaurante estaba emplazado en los acantilados de Dana Point. Había un patio y un comedor cerrado con amplias cristaleras para protegerlo del viento. Rafe dejó que Katie escogiera mesa y le complació que optara por el patio. Desde allí no sólo podían ver el océano bajo las estrellas, sino oír las olas que rompían contra la base del acantilado. Era seguramente uno de los lugares más románticos de toda la costa.

Al contemplarla sentada frente a él, con la brisa marina agitando sus cabellos rojizos y sus ojos verdes brillando a la luz del quinqué, sintió un dolor en el pecho. La sonrisa de Katie mientras admiraba el entorno era tan contagiosa que apenas podía contenerse para no tocarla.

Nunca podría olvidar el impacto que le produjo verla con aquel vestido negro y ceñido que dejaba a la vista su piel suave y perfecta, y aquellos altos tacones que realzaban aún más sus fabulosas piernas.

–Este lugar es precioso –dijo ella, mirando a la gente que estaba sentada al otro lado de la cristalera.

Rafe tomó un sorbo de vino y alabó a su primo Travis, el dueño de los Viñedos King. La botella de King Cabernet era perfecta.

Ella le sonrió y se echó el pelo por encima del hombro, probó el vino y volvió a sonreír–. El vino también es perfecto, aunque sea de los Viñedos King.

Rafe frunció el ceño y se recriminó por no haber pedido un vino diferente, aunque sólo fuera para desviar la atención de la familia King y del profundo resentimiento que Katie albergaba hacia ellos.

Aquélla no era la noche idónea para contarle la verdad a Katie. Lo haría, y pronto. Sólo tenía que encontrar las palabras apropiadas.

Justo cuando se disponía a cambiar de tema, se le ocurrió que con un poco de sutileza quizá pudiera modificar la opinión que Katie tenía de los King.

—Seguro que no todos son malos —dijo tímidamente.

—Puede que no —concedió ella—. Pero la gente rica está tan alejada de la vida real que no ve el mundo como el resto de los mortales.

Rafe arqueó una ceja.

—¿Conoces a mucha gente rica?

—No, no —respondió ella, sonriendo—. Sólo a uno. Pero me marcó profundamente.

—Ya me he dado cuenta —murmuró él. Alargó el brazo sobre la mesa y le cubrió la mano con la suya.

—La diferencia entre un hombre rico y tú es que tú me has traído aquí porque pensabas que iba a gustarme, mientras que él me habría traído solamente para impresionarme.

Rafe se removió incómodo en la silla. La verdad era que la había llevado a aquel restaurante porque quería impresionarla. Pero también había pensado que le gustaría.

Sin soltarle la mano, le acarició los dedos con el pulgar.

—¿Y si el hombre rico te trajera aquí porque pensara que podría gustarte?

Ella sonrió y le dio un pequeño apretón en la mano.

–Seguiría sin ser tan especial como esto, porque yo sé que trabajas muy duro para ganarte la vida y que no sueles venir a un sitio tan caro.

Rafe volvió a fruncir el ceño.

–¿Sabes qué? Eres una esnob, Katie Charles.

–¿Qué? –se soltó de su mano y se irguió–. No lo soy.

–Claro que sí –replicó él, sintiéndose más relajado. Si lograba hacerle ver que era una persona con prejuicios, tal vez se tomara mejor la verdad cuando fuese el momento de contársela–. Conoces a un hombre rico que resulta ser un idiota y decides que todos los ricos del mundo son iguales. Eres una esnob a la que sólo le interesan los pobres.

–Eso suena muy mal –agarró la copa y tomó un pequeño sorbo.

–Pero es cierto –Rafe sonrió y volvió a agarrarle la mano, a pesar de los esfuerzos de Katie por liberarse.

–Es agradable saber lo que te parezco realmente.

–Me pareces una mujer hermosa, inteligente y ambiciosa con un gran talón de Aquiles.

Katie se rió a pesar de sí misma.

–Vaya descripción…

–¿Qué fue lo que tanto te atrajo de aquel tipo que te hizo daño? –le preguntó Rafe.

–Vale, lo admito. Ese hombre me parecía… diferente. Era rico y apuesto, y…

–Mmm –murmuró Rafe en tono burlón. Katie había dicho exactamente lo que él había pensado que diría–. Así que en lo primero en que te fijaste de él fue en que era rico…

–Al principio no –declaró rápidamente, pero lo pensó un par de segundos y admitió–: Pero sí enseguida.

–Ajá.

–Sé lo que estás pensando… Una mujer que intenta aprovecharse de un pobre rico.

–No, en absoluto –le sujetó con fuerza la mano, a pesar de que ella intentaba soltarse–. Lo que pienso es que te gustaba que fuera rico hasta que su riqueza se volvió contra ti. El problema no es que fuera rico, sino que fuese un cerdo que además era rico.

En ese momento llegó la camarera con las ensaladas y Rafe y Katie se mantuvieron la mirada mientras la mujer servía los platos.

–¿Desean alguna otra cosa? –les preguntó.

–No, gracias –Rafe la despidió con una sonrisa y volvió a mirar a Katie, quien lo observaba con ojos entornados.

–Te crees muy listo, ¿verdad?

–Mucho.

Ella se echó a reír, y el sonido de su risa fue como música celestial a oídos de Rafe.

–Vale… Quizá tengas un poco de razón.

–¿Sólo un poco?

–Sí. No me gustaba porque fuera rico, pero reconozco que eso formaba parte de la atracción. Máxime porque yo no podía entender por qué se interesaba por mí.

–Yo sí puedo.

Rafe entendía muy bien que un hombre pudiera sentirse atraído por Katie. Lo que no entendía era cómo un miembro de su familia podía ser tan estúpido para dejarla escapar. Claro que si aquel pariente anónimo no la hubiese abandonado, Rafe no estaría con ella en esos momentos. De modo que quizá debiera estarle agradecido a aquel bastardo… después de partirle la cara.

–Gracias –dijo ella con una sonrisa–. Tal vez no deba meter a todos los hombres ricos en el mismo saco; sólo a los cerdos.

Rafe levantó su copa en un brindis silencioso, aunque si Katie iba a condenar a todos los «cerdos» del mundo él también debería incluirse en ese grupo. Las mentiras pesaban demasiado sobre su conciencia. No podía seguir engañándola.

Rafe no necesitaba la cena ni el vino. Lo único que quería y necesitaba era la mujer que tenía sentada frente a él. Al cabo de una semana acabarían las reformas de la cocina y Rafe no tendría ninguna excusa para verla a diario. Aquella idea se cernió sobre su corazón como una nube oscura y le recordó que no quería dejar marchar a Katie.

No sabía si quería tener un futuro con ella o no, pero sí que quería algo más que unos momentos.

El plan original de Rafe era cortejarla, conquistarla y luego dejar que cada uno siguiera con su vida pero aquel plan ya no le parecía tan sugerente como antes. Necesitaba uno nuevo.

Y ojalá supiera cuál.

Capítulo Diez

Dos horas después habían acabado de cenar, pero en vez de llevar a Katie a casa Rafe la ayudó a bajar a la playa.

—Estos tacones no están hechos para caminar por la arena —dijo ella, riendo. Se detuvo y se quitó los zapatos—. Ya está. Mucho mejor.

Los comensales seguían llenando el restaurante en lo alto del acantilado, pero en la playa estaban los dos solos. Rafe no podía quitar los ojos de ella. Era la mujer más encantadora y cautivadora que había conocido. Era una mujer sorprendente en todos los aspectos, y Rafe empezaba a sentir una extraña emoción atenazándole el corazón.

Ella le puso una mano en el pecho.

—¿Estás bien, Rafe?

—Sí —le respondió él—. Muy bien.

Pero no lo estaba.

La llevó de la mano por la orilla y se aseguró de que no se mojara los pies con las olas que lamían la arena. La playa estaba a oscuras, pero el océano brillaba bajo la luz de la luna.

—Ha sido una noche perfecta —dijo ella, apoyando la cabeza en el hombro de Rafe—. Pero no tenías por qué llevarme a un restaurante tan caro.

Él le soltó la mano y la rodeó por los hombros.

–¿No te ha gustado?

–Me ha encantado. Pero no quiero que pienses que tienes que gastarte una fortuna para impresionarme.

Era la primera persona que le decía que no se gastara dinero en ella.

Katie se apretó contra su costado y los latidos de Rafe se aceleraron a un ritmo frenético. ¿Qué demonios le pasaba? Todo su cuerpo quería disfrutar del momento, pero su mente no le permitía relajarse y seguía insistiéndole en que Katie era una mujer especial, diferente a todas las demás, y que lo menos que merecía recibir era sinceridad. Si se acostaba con ella por puro placer se arriesgaría a perder algo infinitamente más maravilloso.

–¿En qué piensas? –le preguntó ella, deteniéndose para mirarlo.

–En ti.

Ella le apartó el pelo de la frente, avivando el deseo que lo consumía por dentro.

–No parecen pensamientos muy alegres… ¿Debería preocuparme por algo?

–No –respondió él rápidamente. Entrelazó los dedos en sus cabellos y ella giró la cara contra la palma de su mano–. ¿Te he dicho lo hermosa que eres?

–Sí, creo que lo has mencionado un par de veces.

–Puesto que no me gusta repetirme… ¿qué tal si te lo demuestro?

La besó a conciencia y con pasión, separándole los labios con la lengua y hundiéndose en el delicioso calor que sólo ella podía ofrecerle. Katie lo recibió de buen grado y con el mismo deseo que a él lo impulsaba. Sus cuerpos se apretaron todo lo posible, pero para Rafe seguía sin ser suficiente.

En aquella playa solitaria, bajo la luz de la luna y con el sonido envolvente de las olas, Rafe sólo podía pensar en ella y en el próximo beso. La imperiosa necesidad de tocarla y hacerla suya barría cualquier otro pensamiento.

Deslizó una mano por el costado de Katie y palpó sus apetitosas curvas a través del vestido. Le agarró un pecho y ella se arqueó hacia él al tiempo que un débil gemido escapaba de su garganta. Rafe le acarició el endurecido pezón con el dedo pulgar y ni siquiera el tejido le impidió sentir el intenso calor que emanaba de su cuerpo.

Más. Necesitaba mucho más. Tenía que sentir su carne, estar piel contra piel. La cambió de postura en sus brazos y llevó la mano hasta el bajo del vestido. Empezó a subir por el muslo, centímetro a centímetro, hasta alcanzar su sexo ardiente y palpitante. El tacto le abrasó la mano, aunque las bragas le impedían profundizar tanto como quería y necesitaba. Tuvo que conformarse con frotarla hasta hacerla estremecer.

La brisa marina los acariciaba suavemente y la luna los bañaba con su luz plateada, pero Rafe sólo tenía sentidos para la mujer que gemía entre sus brazos. La mujer a la que deseaba por encima de todas las cosas. Apartó el borde de las bragas para tocarle el clítoris y ella se retorció de placer. Volvió a tocarla con más ahínco y empezó a meter y sacar el dedo frenéticamente mientras con la boca ahogaba los gemidos de Katie, quien se desesperaba por alcanzar un orgasmo cada vez más cercano.

Rafe se deleitó con su respuesta. Le encantaba saber que ella sentía el mismo deseo que él. Siguió tocándola con fruición y delirante arrebato, llevándola hacia la rendición total. Y entonces llegó la explosión, tan fuerte y estremecedora que los hizo temblar a ambos. Katie lo aferró por los hombros y se frotó contra su mano mientras él la lanzaba a una lluvia de estrellas.

Cuando cesaron las convulsiones y ella quedó exánime en sus brazos, Rafe apartó la boca y pegó la frente a la suya mientras ambos intentaban recuperar el aliento. Al cabo de un largo rato, y haciendo uso de toda su voluntad, le tiró de la falda hacia abajo.

–Volvamos a tu casa.

–Sí –corroboró ella con una voz cargada de satisfacción y deseo–. Volvamos.

Él le sonrió, la levantó en brazos y la llevó hacia la escalera de cemento que subía hasta la carretera.

–Puedo caminar, Rafe –le aseguró ella, riendo.

–Ya lo sé, pero me gustó llevarte en brazos la otra vez y me pareció que merecía la pena repetirlo.

Al llegar a lo alto de las escaleras se dirigió hacia el restaurante, contento de no haberle dejado el vehículo al aparcacoches. Así no tendrían que esperar en la puerta a que se lo llevaran. Dejó a Katie en el suelo y la besó brevemente en los labios.

—Espera aquí. Voy a por el coche.

Katie lo vio alejarse hasta que se perdió de vista entre los coches. El corazón le latía desbocado y un intenso hormigueo le recorría todo el cuerpo por los prolongados efectos del orgasmo.

La brisa soplaba con más fuerza, pero no conseguía rebajar el calor de su cuerpo. Sonrío para sí misma. El vestido y los zapatos habían tenido el efecto deseado.

Recordó la sensación de los brazos de Rafe alrededor de ella. Sus caricias lentas e íntimas. El calor del deseo y las llamas de pasión que ardían entre ellos. Los gemidos ahogados en su garganta…

Estaba enamorada.

Era amor lo que sentía. Amor real. Nada que ver con lo que había sentido por Cordell. Rafe era todo lo que había soñado encontrar. El hombre al que llevaba esperando toda su vida.

¿Cómo había pasado todo tan rápido?

Recordó con una sonrisa lo que su abuela siempre le decía: «El amor no siempre va a la hora». Sólo hacía falta un instante para que fuese real. Un momento mágico en que el mundo adquiría otra perspectiva y el corazón descubría lo que más deseaba y necesitaba.

Suspiró y se aferró a aquella certeza recién descubierta. Aquella noche la recordaría para siempre.

—¿Katie? —la llamó una voz profunda y masculina—. ¿Katie Charles? ¿Eres tú?

Una desagradable sensación invadió a Katie mientras se giraba lentamente hacia la voz familiar.

Lo vio al momento, pero sería difícil no hacerlo. Alto, guapo, con una larga melena negra que le rozaba los hombros y unos ojos intensamente azules que la miraban fijamente.

Cordell King.

Katie permaneció donde estaba mientras se acercaba a ella. No debería sorprenderse de verlo. Sabía que vivía en Laguna Beach y que aquél era el restaurante más caro de la zona, por lo que no era raro que Cordell lo frecuentara. Pero lo que sí la sorprendió fue que no sintiera absolutamente nada por él. Ni siquiera le guardaba rencor. No obstante, sintió una punzada de irritación cuando Cordell le sonrió como si fueran viejos amigos.

–Me alegro de verte –le dijo él, y le dio un rápido abrazo sin importarle que a ella le importara o no–. Tienes muy buen aspecto.

–Gracias –respondió ella, contenta de llevar el sensual vestido negro. No quería imaginarse la situación si se hubiera tropezado con Cordell llevando el vestido beis.

–¿Estás sola? ¿Puedo invitarte a una copa?

–No, no puedes –rechazó, sorprendida por la pregunta–. Seguro que a la mujer con la que estás no le haría gracia tener más compañía.

–No estoy con nadie. He venido a ver a dos de mis hermanos.

–Pues yo he venido con otra persona. Acaba de ir a por el coche.

Se encogió de hombros y le dedicó una seductora sonrisa.

–No me extraña que tengas una cita–. Estás formidable.

–Eso ya me lo has dicho.

–Sí, sí, lo sé –volvió a sonreírle–. ¿Sabes, Katie? Me alegra que nos hayamos encontrado. Últimamente he pensado mucho en ti.

–¿Ah, sí? –aquello sí que era sorprendente.

–Sí –se acercó un paso más–. Iba a llamarte..

–¿Por qué? –le preguntó en tono cortante, cruzándose de brazos–. Me enviaste un brazalete de diamantes con una nota encantadora en la que dejabas claro lo distintos que éramos, ¿recuerdas?

Cordell tuvo la decencia de poner una mueca de arrepentimiento, pero no bastó para hacerlo callar del todo. Era un King, al fin y al cabo.

–Está bien, podría haberlo hecho de otra manera –admitió–. Pero al menos te envié diamantes.

Diamantes que ella había vendido para pagar las reformas de la cocina.

–Nunca te los pedí.

–No, pero… –dejó la frase sin terminar y respiró hondo–. Nos estamos desviando del tema.

–¿Qué tema? –con la punta del zapato marcaba el compás de la conversación en el suelo.

–Me gustaría que le diéramos otra oportunidad a nuestra relación –le dijo él–. Lo pasamos muy bien juntos por una temporada…

–¿Quieres decir hasta que me abandonaste? –lo interrumpió ella.

–Sí, bueno –se encogió de hombros como si fuera agua pasada–. Eso fue entonces y esto es ahora.

Y… nena, al verte ahora pienso que lo nuestro podría haber funcionado si lo hubiéramos intentado.

–¿Nena? –repitió ella, dando un paso hacia él–. No me llames «nena».

–Eh, tranquila –Cordell levantó las manos en un gesto de rendición que en él no significaba absolutamente nada–. Sólo pensé que…

–¿Qué pensaste? ¿Que me arrojaría en tus brazos al oír tu generosa oferta?

Él le dedicó una sonrisa que casi la sacó de sus casillas. Cordell King le había hecho tanto daño que Katie había perdido la noción de quién era y qué era. Le había arrebatado la confianza en sí misma y la había hecho cuestionarse su capacidad para juzgar la verdadera naturaleza de las personas.

–Lo que digo es que… –empezó él, pero Katie lo cortó con un gesto de su mano. No quería seguir oyendo sus patéticas excusas. Cordell la había herido profundamente y ahora se comportaba como si nada hubiera pasado.

–No te molestes. No me interesa lo que tengas que decir. ¿De verdad crees que saldría contigo después de cómo me trataste? ¿Esa sonrisa te da siempre buenos resultados o qué?

–Normalmente sí –reconoció él. Pareció darse cuenta de que Katie no estaba precisamente entusiasmada de verlo y miró a su alrededor para asegurarse de que estaban solos.

–Es increíble la cantidad de mujeres que se dejan cautivar por una cara bonita y unas promesas vacías.

–Espera un momento –protestó Cordell–. Yo no te hice promesas vacías.

–Oh, no, sólo la promesa tácita de tratar a otro ser humano con una pizca de respeto.

–Lo pasamos bien, ¿verdad? En cuanto a lo de esta noche, te vi y pensé que...

–Sé muy bien lo que pensaste, Cordell, y te aseguro que no va a pasar.

Él sacudió la cabeza y respiró profundamente.

–Está bien. Ha sido un error y...

El ruido de un motor interrumpió sus palabras. Katie se giró hacia el aparcamiento y vio a Rafe acercándose en su camioneta.

–¿Ves esa camioneta vieja, Cordell? –le preguntó–. Pues la conduce un hombre mucho mejor que tú. Es carpintero, y aunque no sea rico tiene más clase de la que tú tendrás jamás. Es un hombre honesto, amable, encantador y...

–¡Vale! –exclamó Cordell, quien por su cara desearía estar en otra parte–. Ya me he hecho una idea.

–Estupendo –Katie apoyó las manos en las caderas y aspiró una bocanada de aire fresco para relajarse. Se sentía mejor de lo que había estado en muchos meses. Tener la oportunidad de enfrentarse a Cordell y decirle a la cara lo que pensaba de él era realmente liberador.

Aún seguía mirándolo con un brillo triunfal en los ojos cuando oyó detenerse la camioneta y abrirse y cerrarse la puerta del conductor.

–¿Cordell? –gritó Rafe.

Katie se giró lentamente hacia él. ¿Cómo era posible que Rafe conociera a Cordell?

–¿Rafe? –Cordell pronunció su nombre con una carcajada–. ¿Tú eres el pobre y honesto carpintero?

Rafe no dijo ni una palabra más. Apretó el puño y lo descargó en la mandíbula de Cordell, tirándolo al suelo.

–Maldito hijo de... –masculló, mirándolo furioso.

–¿Os conocéis? –preguntó Katie.

Cordell se levantó mientras se frotaba la mandíbula y le lanzó una mirada fulminante a Rafe.

–Claro que sí. Rafe es mi primo.

Katie retrocedió un par de pasos.

–¿Rafe... King?

–Puedo explicártelo –le dijo Rafe, sin negarlo.

–Demasiado para el pobre y orgulloso carpintero, ¿eh? –murmuró Cordell–. Reconócelo, Katie. Puede que yo te tratase mal, y lo siento, pero nunca te mentí. Y eso es más de lo que puede decir mi primo.

–Cállate, Cordell –le ordenó Rafe.

–¿Vas a golpearme otra vez, Rafe? –lo retó Cordell–. Adelante.

–Ya basta –exigió Katie.

Un cúmulo de emociones contradictorias se le revolvió en la boca del estómago. Estaba tan aturdida que apenas podía tenerse en pie. Miró a Rafe y vio el arrepentimiento en sus ojos, pero eso no le sirvió para mitigar el dolor que la carcomía por dentro. Los ojos le escocieron por las lágrimas, pero no se permitió derramarlas. Por nada del mundo lloraría delante de los King. Otra vez no.

–¿Era todo un juego? –exclamó, descargando toda su ira en el hombre que la había traicionado–. ¿Te lo has pasado bien? ¿Vas a contarles a tus amigos cómo conseguiste acostarte con la reina de las galletas?

–¿Te has acostado con ella? –preguntó Cordell.

Rafe lo hizo callar con la mirada y se volvió hacia Katie.

–No ha sido un juego, maldita sea. Katie, tú… me importas.

–Oh, claro –espetó ella con sarcasmo–. Desde luego que te importo. Así me lo demuestran tus mentiras.

–Iba a decirte la verdad.

–¿Y qué te lo impidió? ¿La vergüenza, tal vez?

–Katie, si puedes escucharme un momento… –dio un paso adelante y ella lo dio instintivamente hacia atrás.

–Aléjate de mí –le advirtió, sacudiendo la cabeza como si quisiera borrar los últimos minutos de su cabeza–. No me puedo creer lo que está pasando.

–Katie, deja que te lo explique.

–Eso estaría bien –murmuró Cordell.

–¿Por qué no te largas? –le preguntó Rafe.

–No me voy a ninguna parte.

–Pues yo sí –dijo Katie. No podía quedarse allí, escuchando a los dos primos.

–No, hasta que me hayas escuchado –le prohibió Rafe, agarrándola del brazo.

Katie se zafó y reprimió el impulso de prolongar el contacto.

–Muy bien. Habla.

Rafe miró otra vez a su primo y se concentró en ella como si fuera la única persona en el mundo.

–Hice una apuesta con Joe, el contratista.

–¿Una apuesta? ¿Te apostaste que me llevarías a la cama? –aquello se ponía cada vez mejor. No sólo Rafe le había mentido, sino también Joe. Y seguramente también Steve y Arturo. Debían de reírse mucho a la hora del almuerzo–. No puedo creer que hicieras algo así…

–No, la apuesta no tenía nada que ver contigo–. Perdí una apuesta y tuve que ir a trabajar a tu cocina. Entonces te conocí y descubrí que odiabas a todos los King por culpa de lo que te hizo este imbécil…

–¡Eh! –protestó Cordell.

–Por eso no te dije quién era yo realmente. Quería que me conocieras y te sintieras atraída por mí. Iba a decírtelo. Te lo juro.

–¿Ese era tu plan? –preguntó Cordell en tono burlón–. Y me llamas imbécil a mí…

–Cállate, Cordell –Katie sacudió la cabeza con incredulidad y volvió a centrar la atención en Rafe. Sus ojos brillaban de emoción. No sabía qué pensar ni qué decir. Lo único que sabía era que un King volvía a ser el responsable de su sufrimiento–. ¿Tu idea era demostrarme que estaba equivocada respecto a tu familia… mintiéndome?

Rafe se frotó la barbilla y masculló algo ininteligible.

–Katie, déjame que te lleve a casa para que podamos hablar de esto con calma.

–No voy a ir a ninguna parte contigo, Rafe –declaró ella. Miró por última vez sus bonitos ojos azules y se despidió en silencio de sus esperanzas, sus sueños y el amor que acababa de descubrir. ¿Cómo podía amar a un hombre al que ni siquiera conocía?–. Déjame en paz.

Echó a andar con rapidez y sólo se detuvo cuando él la llamó.

–Necesitas que alguien te lleve a casa.

–Llamaré a un taxi –dijo ella sin mirarlo.

No soportaba estar junto a él ni un minuto más, sabiendo que le había mentido todos los días que habían pasado juntos. Nada había sido real.

Se había enamorado de un desconocido.

Y ahora volvía a estar sola.

Mientras esperaba a que el aparcacoches del restaurante llamara a un taxi, se dio cuenta de que había estado en lo cierto sobre aquella noche.

Iba a ser una noche que nunca olvidaría.

–¿Te apetece un trago? –le preguntó Cordell.

–Claro –gruñó Rafe–. ¿Por qué no?

Los dos primos se dirigieron hacia el bar del restaurante.

–¿Has sentido el frío polar que despedían sus ojos? –le preguntó Cordell.

–Más bien eran dardos envenenados –dijo Rafe. Se sentaron junto a la barra y pidió dos cervezas–. No es el final que había imaginado para esta velada.

–Supongo –dio Cordell amablemente–. ¿Desde cuándo os veis?

–Unas semanas –Rafe agarró su cerveza y tomó un largo trago.

–¿Sólo? Vaya, yo estuve tres meses con ella y nunca pasé de la puerta de su casa.

Rafe sonrió para sí. Si Cordell hubiera hecho algún comentario sexual, Rafe habría tenido que matarlo y sufrir luego la condena de toda la familia.

Se frotó la nuca y apretó los dientes para sofocar un grito de frustración. Justo cuando había decidido contarle la verdad a Katie todo había saltado por los aires. Sabía que tendría que haberse confesado mucho antes. Pero no había querido arriesgar lo que empezaba a nacer entre ellos.

Ya no importaba, porque todo había acabado.

Su primo le dio un codazo.

–¿Por qué le mentiste a Katie?

–¿Por qué fuiste un cerdo con ella?

Cordell se encogió de hombros.

–Según la mayoría de las mujeres con las que salgo, es lo que se me da mejor.

–Genial –dijo Rafe.

–Estás evitando mi pregunta. ¿Por qué le mentiste a Katie?

–Ya has oído lo que le he dicho.

–Sí, pero creo que hay algo más.

Rafe volvió a apretar los puños. No quería estar allí con Cordell. Quería estar con Katie y hacerle entender… ¿qué? ¿Qué podía decirle que no lo hiciera parecer un cerdo como Cordell?

Katie había metido a todos los King en el mismo saco, y había resultado estar en lo cierto.

131

–¿De qué estás hablando, Cordell?

–A ti te gustaba de verdad. Y cuando descubriste que odiaba a los King...

–Gracias a ti –añadió Rafe.

Cordell se limitó a encogerse de hombros y asentir con la cabeza.

–Gracias a mí, y entonces decidiste que no querías echarlo todo a perder contándole la verdad.

–Te equivocas. Tenía un plan. Iba a contárselo.

–Claro –su primo se echó a reír.

–No le veo la gracia.

–Ya –Cordell tomó un trago de cerveza y miró a Rafe en el espejo del bar–. Eso es lo más divertido de todo. Si tus hermanos pudieran verte ahora...

–¿Quieres que salgamos y acabemos la pelea?

–No, no. Y además, molerme a palos no cambiará nada.

–¿Qué quieres decir?

–Quiero decir que estás enamorada de ella –se rió, tomó otro trago y sacudió la cabeza–. Otro King que muerde el polvo.

–Te equivocas –Rafe se miró fijamente al espejo y se dijo que era imposible. Él no estaba enamorado. Ni deseaba estarlo.

Lo cual era mejor así, ya que la única mujer que podría haberlo hecho cambiar de opinión no quería saber nada de él.

Capítulo Once

Katie se pasó los días siguientes enfrascada en su trabajo. No había nada más eficaz que refugiarse en la repostería para sacarse los problemas de la cabeza, de manera que se dedicó en cuerpo y alma a producir y decorar galletas.

Los olores a vainilla, canela y chocolate la envolvían en una burbuja de paz, pero nada conseguía tranquilizar su desasosiego interno. En sus sueños seguía viendo a Rafe, diciéndole que podía explicárselo todo. Veía a Cordell reírse, a Rafe furioso y a ella, destrozada.

Rafe había dicho que ella le importaba. ¿En qué sentido? ¿Como un medio para ganar una apuesta? ¿Como un desafío personal para cambiar su opinión sobre los King? Y si de verdad le importaba, ¿por qué no había intentado hablar con ella desde la noche del restaurante?

Se estaba volviendo loca. Ella no quería volver con él. ¿Por qué, entonces, le molestaba tanto que no la llamara? ¿Acaso no se había acabado?

Todo había sido culpa suya. Desde el principio había sabido que tenía que guardar las distancias con Rafe, pero en vez de eso le había vuelto a hacer caso al corazón.

–¿Hasta cuándo vas a castigarte, Katie? –murmuró mientras empaquetaba una docena de galletas.

Su vida personal se caía a pedazos, pero al menos su negocio seguía prosperando. Las cajas que esperaban a ser repartidas le brindaban una sensación de éxito y orgullo. Justo lo que más necesitaba en esos momentos.

La cocina provisional era su único refugio y consuelo. Allí podía recordar quién era y el futuro que se estaba construyendo. Un futuro en el que ya no había lugar para Rafe Cole... Rafe King, se corrigió.

Mientras la última bandeja de galletas estaba en el horno, se acercó a las ventanas y miró el jardín. Poco a poco todo volvía a la normalidad. Los montones de escombros, maderas y escayola habían desaparecido. El equipo ultimaba el trabajo y a Katie se le encogía el corazón al pensarlo.

Una pequeña parte de ella quería volver a ver a Rafe.

Al parecer, su apuesta con Joe se había acabado en cuanto ella descubrió la verdad. Rafe se había marchado sin decir nada y nada hacía pensar que fuera a volver.

Aquella mañana había entrado en la cocina antes de que llegaran Steve y Arturo. El placer que debería haber experimentado por las reformas quedaba empañado por la ausencia del hombre que ocupaba sus pensamientos.

La cocina estaba exactamente como se la había imaginado, con el suelo de baldosas y las encimeras de granito. Sólo quedaban los últimos retoques, como colocar unas cuantas puertas, los tiradores de los cajones y la instalación eléctrica, y la casa volvería a ser toda suya. El equipo se marcharía y se quedaría sola, sin más contacto con King Construction.

Ni con Rafe.

El dolor volvió a traspasarle el pecho y se preguntó si sería siempre así. Tan sumida estaba en su sufrimiento que no oyó a Joe entrar en el patio.

—¿Katie?

Dio un respingo y se volvió hacia el hombre que había formado parte de la gran mentira. Joe parecía sentirse incómodo desde que se enteró que Katie había descubierto la verdad,

—Hola, Joe —lo saludó con gélida cortesía.

Lo vio estremecerse y cambiar ligeramente de postura, como si estuviera nervioso. Katie sabía que Rafe y él habían seguido en contacto.

—Sólo quería decirte que mañana por la mañana tendrás instalada la cocina nueva.

—Perfecto, gracias.

—El inspector ha dado su visto bueno, así que esta tarde volveremos a meter el frigorífico en la cocina.

—Muy bien —ya podía despedirse de la cocina provisional. Las galletas que se cocían en el horno serían las últimas que preparase en el patio.

—Los chicos vendrán para ayudar a los instaladores —continuó Joe—. Luego acabarán con los últimos retoques para que puedas perdernos de vista mañana por la tarde.

—De acuerdo.

Se metió las manos en los bolsillos y casi sintió

lástima de Joe al verlo tan apesadumbrado. Nada de lo que había pasado era culpa suya. La mañana siguiente a la escena del restaurante Joe le había hablado de la apuesta que había hecho con Rafe y se había disculpado por mantener las mentiras de Rafe, pero Katie sabía que no le había quedado más remedio. Sólo era un empleado y no podía enfrentarse al jefe.

Le dedicó una pequeña sonrisa.

–Tengo que reconocer que estoy deseando volver a la normalidad –ni a Joe ni a nadie iba a confesarle que echaba de menos a Rafe.

–Sí –murmuró él–. Seguro que sí.

Katie se fijó en que estaba arrugando una factura en el puño.

–¿Es la última?

Joe pareció sorprenderse del papel que llevaba en la mano. Lo alisó y se lo entregó a Katie.

–El último pago incluye los extras que pediste y que no figuraban en el contrato.

Katie asintió, pero ni siquiera miró la cantidad.

–Mañana te firmaré un cheque.

–Perfecto –Joe se giró para marcharse, pero se detuvo y volvió a mirarla–. Lo siento mucho, Katie. De verdad.

–No ha sido culpa tuya.

–En cierto modo, sí –insistió él–. Rafe es un buen tipo.

–Es normal que digas eso… –dijo ella con una triste sonrisa–. Trabajas para él.

–Así es. Y por eso sé la clase de hombre que es. A una persona se la puede conocer por la forma en que trata a los demás. Rafe no es un hombre fácil, pero es justo.

—¿Con quién? ¿Era justo mentirme y obligarte a ocultar la verdad?

Joe frunció el ceño y se frotó el mentón.

—No, no lo fue. Pero estaba pagando su apuesta y creo que deberíamos darle un voto de confianza. Muy pocos jefes habrían tenido el honor de saldar esa clase de deuda.

—¿Honor? —una carcajada brotó de la garganta de Katie.

—Sí. Honor. No sé lo que pasó entre vosotros y no quiero saberlo, pero te puedo asegurar que Rafe no es un hombre que vaya por ahí tratando mal a las personas.

—Ah, entonces ¿sólo fue un accidente? —No sabía por qué estaba pagando su disgusto con Joe, era Rafe el culpable de todo. Era Rafe quien se había acostado con ella. Era Rafe quien le había hecho creer que algo maravilloso estaba naciendo entre ambos.

Intentó recuperar el control y se obligó a sonreír.

—¿Qué te parece si no volvemos a hablar de Rafe King?

—De acuerdo. Iré a ver si los chicos necesitan ayuda.

Katie lo vio alejarse y respiró profundamente para intentar sacarse a Rafe de la cabeza.

Sin éxito, naturalmente.

***

Había pasado casi una semana desde que vio a Katie Charles por última vez.

Rafe se sentía como un tigre enjaulado. Estaba atrapado en sus recuerdos. La imagen de Katie lo acosaba en sueños y cuando estaba despierto no pensaba en otra cosa que en ella.

Tenía que asistir a una obra benéfica al cabo de unos días, y hasta entonces no iba a salir. No tenía la paciencia necesaria para aguantar a las mujeres que conocía y tampoco tenía el menor interés en conocer a gente nueva.

Lo único que quería era estar a solas con sus pensamientos. Pero la habitación del hotel se le antojaba estéril e impersonal, y el eco del vacío que resonaba en su cabeza amenazaba con volverlo loco. De modo que se quedó en las oficinas de King Construction, intentando concentrarse en los inventarios y facturaciones mientras las imágenes de Katie lo acosaban sin tregua. Para empeorar aún más las cosas, Sean se presentó en su despacho.

—¿Qué te pasa? —le preguntó.

—Nada, estoy bien —respondió Rafe con la vista fija en los papeles desperdigados por su mesa—. Déjame en paz, ¿quieres?

Sean se echó a reír.

—Me encantaría, pero tienes a toda la oficina preocupada. Janice me estaba haciendo unas llamadas y me ha suplicado que te saque del despacho.

Genial, pensó Rafe. Siempre había separado su vida personal de la profesional, pero parecía que su actitud estaba inquietando seriamente a sus empleados. Quizá debería tomarse unas vacaciones, pero si lo hacía tendría demasiado tiempo libre para pensar en Katie. Así que, le gustara o no a su secretaria, iba a quedarse allí trabajando.

Levantó la mirada con el ceño fruncido y vio a su hermano paseándose por el despacho. Sean se detuvo junto a un estante y levantó una pelota de béisbol firmada del pedestal.

–Deja eso –le ordenó Rafe, y Sean obedeció de inmediato–. ¿Por qué mi secretaria te hace las llamadas? ¿Qué le ha pasado a Kelly?

Sean suspiró y se acercó a la mesa para sentarse en el borde.

–La semana pasada se largó para casarse.

–Es la tercera secretaria que pierdes este año, ¿no?

–Sí. Voy a tener que dejar de contratar a mujeres guapas. Todas acaban casándose y dejándome en la estacada.

–Llama a la agencia y que te envíen a alguien de inmediato, pero a Janice no la cargues con más trabajo.

–Es curioso, pero Janice preferiría trabajar para mí estos días.

Rafe se limitó a responder con un gruñido.

–Mejor que trabaje para mí a que presente su dimisión –razonó Sean–. Nadie quiere acercarse a ti en este estado, así que ¿por qué no me dices lo que está pasando?

–Estoy trabajando –respondió Rafe en tono rotundo–. Deberías probarlo tú también.

–La mirada fulminante de los King no te funcionará conmigo… Yo también puedo tenerla, ¿recuerdas?

Rafe arrojó el bolígrafo a la mesa y se levantó de la silla de un salto. Le dio la espalda a su hermano y miró por la ventaba.

–¿Qué ocurre, Rafe? –volvió a preguntarle Sean.

Rafe lo miró por encima de hombro. Su hermano menor no desistiría hasta obtener algunas respuestas. Y una parte de Rafe quería confesarlo todo en voz alta.

–He descubierto quién hizo daño a Katie.

–¿Ah, sí? ¿Quién fue?

–Cordell.

–Debería habérmelo imaginado… Pasa de una mujer a otra más rápido que Jesse.

La mención de su primo casi hizo reír a Rafe. Jesse King había sido un surfista profesional y gozaba de una reputación asombrosa con las mujeres. Pero eso fue antes de casarse con Bella y convertirse en padre.

–¿Cómo lo has descubierto?

–Me tropecé con Cordell cuando llevé a Katie a cenar.

–Uf… –Sean asintió con gesto pensativo.

–Todo pasó muy deprisa. Le di un puñetazo, él le dijo a Katie quién era yo y ella se marchó.

–Y tú la dejaste escapar.

–¿Qué iba a hacer? ¿Retenerla contra su voluntad?

–Hablar con ella, mejor.

–No quería hablar conmigo –le aseguró Rafe, recordando la expresión de Katie. No derramó ninguna lágrima, pero sus ojos delataban el dolor por sentirse traicionada.

–¿Y ya está?

–Ya está –volvió a sentarse y miró las hojas que tenía delante.

–No me puedo creer que vayas a dejarla escapar.

–Katie toma sus propias decisiones –dijo Rafe, sin levantar la vista–. Y ahora tiene más razones que nunca para odiar a los King. Especialmente a mí.

Sean soltó una prolongada espiración y se apartó de la mesa, pero no hizo ademán de marcharse.

–¿Y tú estás de acuerdo con eso?

–Pues claro que lo estoy –mintió Rafe–. Mi intención siempre fue alejarme de ella, Sean. Simplemente ocurrió antes de lo que esperaba.

Eso también era una flagrante mentira.

Sean puso una mano encima de los papeles, obligando a Rafe a mirarlo.

–Lárgate, Sean.

–No eres ningún idiota, Rafe –le dijo su hermano–. Pero a veces te comportas como tal.

No era idiota, en efecto. Katie no quería verlo y sus buenas razones tenía. Además, era mejor así. Si lo odiaba no sufriría por mucho tiempo y acabaría superándolo. Igual que él. No servía para amar. Era mejor hacerle daño a Katie ahora que destruirla más adelante.

–Gracias por la observación –apartó la mano de Sean de los papeles–. Y ahora vete.

–Si no vas tras ella te arrepentirás –le vaticinó Sean en tono firme y tranquilo.

–No será la primera vez que me arrepienta de algo –dijo Rafe, quien ya se estaba arrepintiendo por haberla perdido–. ¿Te has olvidado de lo que pasó con Leslie?

–Hablando de tu ex… He oído que has contratado a su marido.

Rafe suspiró. Sí, había contratado a John. Y tenía que admitir que seguramente no lo habría hecho si no hubiese conocido a Katie. Estar con ella le había permitido enfrentarse a su pasado. Y la conversación con Leslie había acabado por abrirle los ojos. Tal vez pudiera recuperar su vieja amistad con John.

De ser así, todo sería gracias a Katie, cuyo optimismo y entusiasmo lo habían contagiado más de lo que hubiera creído posible.

–La cuestión es –siguió Sean–, ¿por qué puedes hacer las paces con John y con Leslie pero no vas a ver a la mujer por la que estás loco?

Un silencio lleno de tensión siguió a la pregunta de Sean.

–¿Vas a marcharte? –le preguntó Rafe finalmente–. ¿O tendré que echarte yo?

–Ya me voy –accedió Sean amablemente–. Pero eso no resolverá tu problema.

–¿Ah, no? ¿Y qué lo resolverá?

Sean se echó a reír y sacudió la cabeza mientras abría la puerta.

–Ya conoces la respuesta, Rafe. Pero no quieres admitirla.

Capítulo Doce

–Es una maravilla, cariño –dijo Emily O'Hara mientras recorría la cocina recién reformada–.

Katie también debería estar admirando su nueva cocina, pero no conseguía entusiasmarse por nada. En los dos días que habían pasado desde que se marchó el equipo no había hecho ni una sola bandeja de galletas en su nuevo lugar de trabajo.

Recorrió la cocina con la mirada, todo estaba impecable, y sin embargo no sentía nada.

Su abuela se acercó a ella y le dio un abrazo.

–Ya tienes la cocina de tus sueños, y por tu cara parece que hubiesen prohibido la fabricación de galletas. Dime qué ocurre.

Las lágrimas que Katie llevaba conteniendo durante días afluyeron y resbalaron antes de que pudiera detenerlas. El corazón le dolía horriblemente y un nudo en el pecho casi le impedía respirar.

–Oh, abuela… ¡Ocurre todo!

–Cariño… –la anciana suspiró y llevó a Katie a una mesa junto a la ventana. La sentó en una silla a la luz del sol y ella se sentó a su lado–. Cuéntamelo.

¿Por dónde empezar?, se preguntó Katie. ¿Por estar enamorada de un hombre al que no conocía? ¿Por haberse dejado engañar otra vez por la familia King?

¿O por la certeza de que esa vez no iba a superarlo? No podía dormir, comer ni hacer galletas. Lo único que podía hacer era sufrir en silencio y soledad.

–Es Rafe… Me mintió.

–Lo sé.

–¿Qué? –miró sorprendida a su abuela, pero ella se limitó a sonreír con benevolencia–. ¿Cómo lo sabes?

Emily le dio una palmadita en la mano y se recostó en la silla.

–Sé que su nombre verdadero es Rafe King, si te refieres a eso.

–Sí…

–¿Te apetece una taza de té?

–No quiero té –detuvo a su abuela antes de que pudiera levantarse–. Quiero respuestas. ¿Qué sabes de Rafe? ¿Y desde cuándo lo sabes?

Su abuela hizo un gesto con la mano para quitarle importancia.

–Lo supe desde que me lo presentaste.

–¿Tienes alguna especie de radar para detectar mentiras o algo así?

–No, y no creo que quisiera tenerlo. A veces las mentiras pueden ser de gran ayuda.

–Las mentiras nunca son buenas. Tú fuiste la que me enseñó eso, ¿no te acuerdas?

Emily volvió a agitar la mano.

–Eso era distinto. Tú tenías diez años. Ahora eres una mujer adulta y has aprendido que, en ocasiones, una pequeña mentira inofensiva es mucho mejor que una verdad dolorosa.

–La mentira de Rafe no fue inofensiva –dijo Katie, recordando la traición que había sentido al descubrir el juego de Rafe–. Y aún no me has dicho cómo sabías quién era.

–Si leyeras las revistas del corazón de vez en cuando, tú también lo habrías descubierto. Siempre aparece la foto de uno u otro King. Reconocí a Rafe en la foto que le sacaron en el estreno de una película.

–Un estreno... –Katie sacudió la cabeza y sintió que se le caía el alma a los pies. Rafe estaba acostumbrado a salir con actrices y asistir a fiestas glamurosas. ¿Cuánto se habría reído por la barbacoa del patio?–. No puedo creerlo. Debió de pensar que era una idiota por no reconocerlo –le lanzó una mirada furiosa a su abuela–. ¿Por qué no me lo dijiste?

–Porque necesitabas un cambio en tu vida. Y porque no puedes condenar a todos los King sólo por lo que hizo uno de ellos.

–Por lo que hicieron dos –le recordó Katie.

–Vale, de acuerdo, Rafe no se ha portado bien, pero... ¿le has dado una oportunidad para explicarse?

–Oh, claro que se ha explicado. Todo era por una apuesta.

–Katie...

Katie negó con la cabeza y levantó las manos.

–No, abuela, no hay excusa para lo que hizo. Me mintió y ya está.

–Yo también te he mentido, cariño –dijo su abuela con voz débil.

–Sí, pero tú no lo hiciste para hacerme daño.

–No, y quizá tampoco fuera ésa la intención de Rafe.

–Eso nunca lo sabremos –dijo Katie, volviendo a

hundirse en el negro agujero donde llevaba sumida desde hacía días.

–Podrías averiguarlo si dejaras de esconderte en casa y fueras a verlo –Emily la miró fijamente con el ceño fruncido–. ¿Vas a convertirte en una ermitaña mientras él se lo pasa bien por ahí?

Aquello despertó inmediatamente el interés de Katie. ¿Rafe se lo estaba pasando bien? ¿Dónde? ¿Cómo? Y sobre todo… ¿con quién?

–¿Qué quieres decir?

Su abuela volvió a suspirar, agarró el periódico y lo dejó en la mesa.

–De verdad, Katie, si prestaras un poco más de atención a los sucesos cotidianos…

–¿Y eso qué tiene que ver?

Emily abrió el periódico y fue directamente a las páginas de Sociedad. Al encontrar lo que buscaba, puso el periódico delante de Katie y apuntó una foto en blanco y negro con el dedo.

–Puedes descubrir muchas cosas si te mantienes al corriente de los cotilleos. Como esto, por ejemplo.

Katie miró la foto y sintió que el nudo del pecho se le apretaba hasta dejarla sin aire. La cabeza le dio vueltas e intentó centrar la vista en la imagen de un Rafe muy serio y vestido de esmoquin. Parecía estar en una fiesta benéfica y llevaba del brazo a una rubia de grandes pechos.

–¿Cuándo…? –leyó el pie del foto y ella misma se respondió–. Hace dos noches.

–Como ves, él no se queda encerrado en un cascarón.

–Maldito… –se levantó, apretando los puños y sin apartar la mirada de la foto. Otra vez mintiendo. Si yo era tan importante para él, ¿qué hace saliendo con otra?

–No sabemos si sale con ella –observó su abuela.

–¿Rafe cree que soy imbécil? ¿De verdad cree que no iba a enterarme de que estaba saliendo con otra? ¿Es que se piensa que no leo los periódicos?

–No lo haces –señaló Emily.

–Lo haré a partir de ahora –prometió Katie, sacudiendo con fuerza el periódico.

–¿Y qué más vas a hacer?

Rafe nunca se había sentido más incómodo en toda su vida. Y lo peor era que no podía huir a ninguna parte. Los King no huían de los problemas.

Pero si eso fuera cierto, ¿por qué no estaba en esos momentos en casa de Katie, exigiéndole que lo escuchara?

Se levantó y se acercó a la ventana, pero no tenía ojos para la vista. El océano podría haberse secado y él no se daría cuenta de nada. Nada importaba.

Había intentado volver a su vida, pero le resultaba amargamente vacía.

Ni siquiera podía dormir, porque cada vez que cerraba los ojos veía a Katie y recordaba la noche del restaurante. Katie temblando en sus brazos, besándolo con toda su alma y finalmente mirándolo con unos ojos llenos de dolor.

El interfono lo sacó de sus pensamientos.

–Maldita sea, Janice, te dije que no se me molestara.

–Lo sé, pero… –empezó a disculparse ella–. ¡Espere! ¡No puede entrar ahí!

Un segundo después la puerta del despacho se abrió de golpe y Katie apareció en el umbral, echando fuego por sus ojos verdes y con el pelo alborotado alrededor de los hombros. Llevaba una falda negra, una camisa roja desabrochada hasta el comienzo de los pechos y los mismos zapatos de tacón que se había puesto en la última noche que pasaron juntos.

En conjunto, una mujer vestida para seducir… si no fuera por la furia que ardía en su mirada.

–Lo siento –dijo Janice, pasando junto a ella con el ceño fruncido–. No he podido detenerla…

–Está bien, Janice. Cierra la puerta.

–Sí, señor –obedeció la secretaria, aunque la curiosidad se reflejaba en su rostro.

–Me alegro de verte –dijo Rafe.

–Sólo te robaré un minuto –le prometió Katie, y avanzó hacia él como un ángel vengador. Metió la mano en el bolso negro que colgaba de su hombro y sacó un periódico doblado.

Se lo arrojó a Rafe y él lo agarró en el aire. Enseguida supo la razón de aquella furia salvaje. Y, extrañamente, sintió un brote de esperanza.

–¿Creías que no iba a enterarme? –le preguntó–. ¿O es que ni siquiera te importaba, acabado el juego?

–No era un juego, Katie –dijo él con la voz tan tensa como su cuerpo–. Ya te lo dije.

–¿Y esperas que me lo crea? –soltó el bolso en la silla más cercana y apuntó al periódico con un dedo–. Me echabas tanto de menos que fuiste a ahogar tus penas con la primera pechugona que encontraste.

Rafe le sonrió. Sabía que así sólo conseguiría avivar el enfado de Katie, pero no podía evitarlo. Katie era la única mujer que lo hacía sonreír. La única que podía rescatarlo de la oscuridad.

Recordó lo que Cordell había dicho: «Otro King que muerde el polvo». En su momento lo había negado, pero sólo porque se obstinaba en no ver la verdad.

No podía seguir negándolo. Ni siquiera a sí mismo. Y lo más importante… no quería negarlo.

Por primera vez en su vida se había enamorado.

Y no estaba dispuesta a perderla.

–No te atrevas a reírte de mí –le advirtió ella.

–No me río –la agarró de los hombros y la sujetó con fuerza cuando ella intentó soltarse–. Katie, esa mujer es una actriz. Tiene un contrato con la productora de mi primo Jefferson, y él me pidió que la acompañara a esa fiesta benéfica para que los medios se fijaran en ella.

–¿Por qué debería creerte?

–Porque era una mujer extremadamente sosa y aburrida, porque lo pasé muy mal ya que no eras tú y porque… no volveré a mentirte nunca más, Katie.

Katie pareció calmarse un poco y él se arriesgó a soltarla.

–Te echo de menos –le dijo sin pensarlo.

Los apetitosos labios de Katie se apretaron en una mueca de enojo.

–Sigo furiosa contigo.

–Ya lo veo –pero ella estaba allí y eso era una buena señal. Katie lo miró con sus bonitos ojos verdes y Rafe supo que sólo tenía aquella oportunidad para redimirse y salvar la relación más importante que había tenido en su vida.

Las palabras que nunca había creído que le diría a nadie salieron lentamente de su boca.

–No estaba preparado para ti –empezó, y enseguida vio la confusión en los ojos de Katie–. La apuesta con Joe no significaba nada, hasta que te conocí y vi que odiabas a los King. Sabía que si te decía la verdad no volverías a acercarte a mí.

Ella frunció el ceño y se mordió el labio, pero siguió escuchándolo.

–Quería cambiar tu opinión sobre la familia King –continuó él–. Pero en realidad quería mucho más.

–Y recibiste mucho más, Rafe –dijo ella con una voz casi inaudible–. Recibiste más de lo que nunca le había dado a nadie. Yo te quería. Y cuando descubrí que me habías mentido me dolió más de lo que había sufrido con Cordell.

–Lo sé –dijo él, aferrándose a lo que acababa de oír. Si ella lo había querido, sin duda lo seguía queriendo. El amor no podía esfumarse tan rápido–. Lo sé.

Tiró de ella hacia él y la besó con una mezcla de ternura, suavidad y pasión. En aquel beso puso todo lo que era y sentía, y casi suspiró de alivio cuando ella también lo besó, aunque lo hiciera de forma vacilante.

–Te he dicho que no estaba preparado para ti y esa es la verdad. Pero no podía estar preparado para lo que ibas a hacer conmigo.

–Rafe…

Él le puso un dedo en los labios.

–No, déjame terminar. Tú te criaste con tu madre y tu abuela, quienes te querían y te enseñaron a querer. Pero yo no. Mi padre no era especialmente cariñoso y apenas conocí a mi madre. Cuando me casé lo hice por la razón equivocada, y cuando mi mujer me dejó me hizo ver que yo era incapaz de amar.

Katie le puso una mano en la mejilla.

–Se equivocaba…

–No, no se equivocaba. Porque hasta que te conocí no sabía amar.

–Rafe…

Rafe se sintió esperanzado. Su corazón volvía a latir con fuerza porque ella estaba cerca. Aquella mujer era el centro de su mundo. Si no podía convencerla para que se arriesgara con él, para que lo amara a pesar de todas las razones que pudiera tener en contra, entonces nada merecería la pena.

–Se me da muy mal apostar –le dijo, decidido a ser completamente sincero aunque eso le costara lo que más quería–. Pero te quiero, Katie. Nunca había querido a nadie en mi vida.

Los ojos de Katie se llenaron de lágrimas y a Rafe se le contrajo el estómago. ¿Serían lágrimas de felicidad? ¿O de despedida?

Ella tomó aire y lo soltó lentamente.

–Quiero creerte…

Rafe sonrió y volvió a abrazarla para que ella sintiera los latidos de su corazón y la fuerza de su amor.

–Arriésgate conmigo, Katie –le pidió en un acuciante susurro. La besó en el cuello y aspiró su fragancia a canela y vainilla–. Te prometo que jamás te arrepentirás.

–¿Rafe?

Él se apartó para mirarla a los ojos.

–Cásate conmigo. Déjame vivir contigo en tu casa. Déjame hacerte feliz. Sé que puedo hacerlo. Te demostraré que puedo ser todo lo que necesitas.

–Sí… Me casaré contigo –una preciosa sonrisa curvó finalmente sus labios al tiempo que le agarraba el rostro entre las manos–. ¿Es que no sabes que ya eres todo lo que necesito?

–Gracias a Dios –susurró él, antes de volver a besarla.

–Al fin y al cabo, me has construido una cocina casi perfecta.

–¿Casi?

–Bueno, acabo de decidir que si voy a casarme con un carpintero, lo menos que podría hacer él es construirme una despensa.

–Lo que quieras, Katie –le prometió él con una sonrisa–. Pero te advierto que mi hermano Sean querrá una tonelada de tus galletas en cuanto sepa que vamos a casarnos.

–¿Por la familia? Lo que sea…

La mujer a la que amaba estaba en sus brazos y el futuro se presentaba prometedor. Estaba justo donde quería estar. Donde tenía que estar.

Epílogo

Katie contempló el atestado jardín trasero desde la ventana de la cocina y sonrió.

–Nunca imaginé que hubiera tantos King en California.

Julie King, la mujer de Travis, se echó a reír mientras sacaba la ensalada de pasta del frigorífico.

–Y eso que no están aquí todos.

–Espera a la boda –le advirtió Maggie King, la mujer de Justice–. Entonces sí que los verás a todos.

–Sí –corroboró Daisy, la mujer de Jericho–. Nunca se pierden una boda. Jeff y Maura vendrán de Irlanda expresamente para la ocasión.

–La verdad es que me abruma un poco –admitió Katie mientras le quitaba el envoltorio a una fuente de galletas escarchadas especialmente elaboradas para la fiesta de compromiso. Tenían forma de corona y llevaban inscritos los nombres de Katie y Rafe.

Una vez más se miró el anillo de esmeraldas que llevaba en el dedo y tuvo que pellizcarse para comprobar que no estaba soñando. Pero no era un sueño. La noche anterior Rafe le había hecho amor durante horas hasta que ella se quedó dormida en sus brazos. Todo era maravillosamente real.

Había pasado un mes desde que Katie irrumpió en

el despacho de Rafe. Y en todo ese tiempo no se había arrepentido ni una sola vez de haberse arriesgado con él. Rafe no se cansaba de demostrarle lo mucho que ella le importaba. Le había construido la despensa, tal y como le había prometido. Le enviaba flores, le hacía la cena e incluso le daba un fabuloso masaje de pies cuando estaba cansada.

–Conozco esa sonrisa –le dijo Daisy, riendo.

–¿Qué? –Katie se ruborizó al verse sorprendida mientras soñaba despierta.

–Es la misma que pongo yo cuando pienso en mi preciosa hija –se levantó y sonrió–. Y hablando de Dalilah, será mejor que vaya a asegurarme de que Jericho no está enseñándole nada peligroso. Está empeñado en que su hija se convierta en la primera mujer que ingrese en los SEAL.

–Tanner ya tiene planes para que nuestro hijo sea el próximo genio de la informática –dijo Ivy King, frotándose la prominente barriga–. Pero no hay prisas.

Mientras las otras mujeres reían y charlaban de sus hijos y maridos, Katie se permitió unos momentos para disfrutar de su situación. Su abuela no se había equivocado. Por el amor siempre merecía la pena arriesgarse. Katie estaba a punto de contraer matrimonio con el hombre al que amaba, entrar a formar parte de una numerosa familia y algún día formar la suya propia. Rafe ya le había manifestado su deseo de añadir otra generación a la familia King.

–Es curioso… –les dijo a las mujeres, que ya se habían convertido en sus amigas–. Hace sólo unos meses odiaba a los King con toda mi alma.

–Sí, ya sabemos lo de Cordell –le dijo Casey, la mujer de Jackson–. Si te sirve de algo, todo el mundo sabe que es un cerdo.

–Justice se ofreció a darle una paliza, pero parece que Rafe ya se ocupó de ello –añadió Maggie.

–Así es –les aseguró Katie–. Pero si Cordell no hubiera sido un cerdo, yo nunca me habría enamorado de Rafe –miró por la ventana y vio que Nicole entraba en el jardín con su hijo–. Acaba de llegar una amiga mía. ¡Enseguida vuelvo para preparar la ensalada de patatas!

–De ningún modo –le dijo Julie–. Esta es tu fiesta de compromiso. Ve a divertirte y deja que nosotras nos hagamos cargo de todo.

Katie abandonó su preciosa cocina y salió al jardín. Su abuela y su tía estaban jugando con los hijos de los King, y los hombres se habían congregado en torno a la barbacoa, discutiendo sobre la mejor manera de asar las chuletas. Al verlos no pudo evitar una sonrisa.

–Menuda fiesta –le dijo Nicole al abrazarla.

–Y que lo digas… Me alegra que hayas venido.

–No me la hubiera perdido por nada. Como dama de honor, es mi deber tomarme una cerveza y comer unas chuletas –levantó a Connor en brazos–. Y tu paje quiere una galleta.

Katie se rió y le dio un beso a Connor.

–¡Mi paje puede tomar todas las que quiera!

Unos brazos fuertes y familiares la rodearon por detrás y Katie se apoyó en el pecho de Rafe con un suspiro de deleite.

–Hola, Nicole –la saludó él, besando a Katie en la cabeza–. Me alegra que hayas venido.

–¿Cómo no iba a venir? –los miró a ambos con una pícara sonrisa–. Voy a buscarle una galleta a Connor. Hasta ahora.

Rafe giró a Katie y la besó hasta que ella perdió el equilibrio.

–¿Te he dicho hoy lo mucho que te quiero?

–Sí –respondió ella–, pero nunca me canso de oírlo.

–Bien, porque pienso decírtelo muy a menudo… para que nunca lo olvides.

–Nunca lo olvidaré –le prometió Katie.

–Después de haber conocido a la familia King, ¿sigues queriendo casarte conmigo el mes que viene?

Se lo preguntó en tono jocoso, pero ella sabía que una parte de él seguía temiendo que algo pudiera separarlos. Tal vez no se creyera capaz de amar, pero Rafe King tenía más amor que dar que la mayoría de los hombres. Y sería para siempre.

–No vas a librarte de mí tan fácilmente, Rafe. Vamos a casarnos y voy a quererte toda mi vida.

Los ojos de Rafe destellaron de felicidad, sonrió y le dio un abrazo tan fuerte que la dejó sin aliento. Pero ¿qué necesidad había de respirar cuando estaba rodeada por un amor maravilloso?

Todo lo que deseo

CATHERINE MANN

El empresario Seth Jansen necesitaba una niñera temporal y Alexa Randall parecía apropiada para el puesto. Ella aceptó pasar una temporada en una exuberante isla de Florida con aquel hombre cuya pasión le hacía cuestionarse las decisiones que había tomado.

Los bebés le hacían pensar a Alexa en la familia que siempre había querido y las noches con Seth eran incomparables. El millonario podía ser el hombre de sus sueños… si no estuviera fuera de su alcance.

Sus fantasías se iban a hacer realidad

Acepte 2 de nuestras mejores novelas de amor GRATIS

¡Y reciba un regalo sorpresa!

Oferta especial de tiempo limitado

Rellene el cupón y envíelo a
Harlequin Reader Service®
3010 Walden Ave.
P.O. Box 1867
Buffalo, N.Y. 14240-1867

¡Si! Por favor, envíenme 2 novelas de amor de Harlequin (1 Bianca® y 1 Deseo®) gratis, más el regalo sorpresa. Luego remítanme 4 novelas nuevas todos los meses, las cuales recibiré mucho antes de que aparezcan en librerías, y factúrenme al bajo precio de $3,24 cada una, más $0,25 por envío e impuesto de ventas, si corresponde*. Este es el precio total, y es un ahorro de casi el 20% sobre el precio de portada. ¡Una oferta excelente! Entiendo que el hecho de aceptar estos libros y el regalo no me obliga en forma alguna a la compra de libros adicionales. Y también que puedo devolver cualquier envío y cancelar en cualquier momento. Aún si decido no comprar ningún otro libro de Harlequin, los 2 libros gratis y el regalo sorpresa son míos para siempre.

416 LBN DU7N

Nombre y apellido	(Por favor, letra de molde)

Dirección	Apartamento No.

Ciudad	Estado	Zona postal

Esta oferta se limita a un pedido por hogar y no está disponible para los subscriptores actuales de Deseo® y Bianca®.
*Los términos y precios quedan sujetos a cambios sin aviso previo.
Impuestos de ventas aplican en N.Y.

SPN-03   ©2003 Harlequin Enterprises Limited

Después de una noche de pasión,
se había quedado embarazada del conde…

Gwen había ido a Francia a
perseguir su sueño como
chef, dispuesta a matarse
trabajando antes de regre-
sar al seno de su familia.
Pero ni siquiera toda su de-
terminación pudo conseguir
que se resistiera a la intensa
mirada de Etienne More-
au… Después de una no-
che de pasión, Etienne quiso convertirla en su amante,
pues era el antídoto perfecto
a su refinada existencia.
Pero Gwen se sintió indig-
nada con la oferta. Tal vez
Etienne pensara que podía
comprarlo todo con su dinero, ¡pero ella no estaba a la
venta! Sin embargo, ninguno de los dos contaba con
algo inesperado…

El noble francés

Christina Hollis

Pacto por venganza

YVONNE LINDSAY

Tiempo atrás, la aventura apasionada de Piper Mitchell con el protegido de su padre acabó en desastre. Ahora, a pesar de las exigencias de Wade Collins, ella estaba encantada de empezar de nuevo, sobre todo si existía la posibilidad de que la perdonara.

Wade soñaba con vengarse de la joven mimada que había jugado con sus sentimientos. Y, ahora que Piper había regresado y estaba endeudada con él, haría lo que fuera necesario para que volviera a su cama.

Si ella tenía a su hijo,
él le perdonaría su deuda